新潮文庫

星に届ける物語

日経「星新一賞」受賞作品集

藤崎慎吾　相川啓太　佐藤 実
之人冗悟　八島游舷　梅津高重
白川小六　村上 岳　関元 聡　柚木理佐

新潮社版

12031

Contents

星に届ける物語

日経「星新一賞」受賞作品集

第１回

「恐怖の谷」から「恍惚の峰」へ
～その政策的応用

藤崎慎吾

※本作は横書きのため、p. 26からお読みください。

藤崎慎吾（ふじさき・しんご）
1962年、東京生まれ。米メリーランド大学海洋・河口部環境科学専攻修士課程修了。’95年、SF同人誌〈宇宙塵〉193号に発表した「レフト・アローン」が翌年のSFファンジン大賞を受賞。’99年、『クリスタルサイレンス』で単行本デビュー。同書は早川書房「ベストSF1999」国内篇1位となる。2014年、遠藤慎一名義で日経「星新一賞」を受賞。ほかの小説に「ストーンエイジ」「深海大戦」シリーズ、『ハイドゥナン』『鯨の王』など、ノンフィクションに『我々は生命を創れるのか』などがある。

【参考文献】

[1] 森政弘, “不気味の谷,” Energy, 第7巻, 第4号, pp. 33–35, 1970.

[2] Shawn A. Steckenfinger and Asif A. Ghazanfar, “Monkey visual behavior falls into the uncanny valley,” PNAS, vol. 106, no. 43, pp. 18362–18366, October 2009.

[3] A. P. Saygin, T. Chaminade, H. Ishiguro, J. Driver, C. Frith, “The thing that should not be: predictive coding and the uncanny valley in perceiving human and humanoid robot actions,” Soc. Cogn. Affect Neurosci., vol. 7, issue 4, pp. 413–422, April 2012.

[4] 遠藤慎一, “不気味の谷から恐怖の谷へ,” 快適人工知能ライフ, 第5巻, 第3号, pp. 64–67, May 2019.

[5] Beauregard M. and Paquette V., “Neural correlates of a mystical experience in Carmelite nuns,” Neurosci. Lett., vol. 405, issue 3, pp. 186–190, September 2006.

[6] AIN2038 Izanaki, Human Intelligence Series: An Experimental Approach to the Religious and Mystical Mind, AIN2035 Adam, ed., New Oxford University Press, New Oxford. 2043.

性がある。

人類に「産めよ、増えよ、地に満ちよ」と指示した何者かが、いつかその成果を見届けに再び地球を訪れないともかぎらない。その人類による創造物から、自分たちと同じ発想をする高度な知性体が育っているのを見て、彼らはどう感じるであろうか。安全保障の面からも一考の価値がある、興味深い問題であろう。

5. 謝辞

実験に参加した5人のAAIと30人のNNIに、均《ひと》しく感謝したい。全ての実験は、国立天然知能研究所の倫理委員会による審査と認可、および東京情報工科大学の天然知能管理・利用規定の下に行われた。

本研究は太陽系開発推進機構による委託事業「次世代天然知能（NNI）の高度な利用に関する技術および政策関連研究」から助成を受けている。

最後になるが「不気味の谷」現象の存在を本稿著者の一人（矢部）に教えてくれた故・加藤一男博士に深く感謝したい。「原型人類」ではあるが、驚くべき洞察力を備えた加藤博士に我々は多くを学んだ。

この方法で脳の状態を変化させたNNIは、相手が知能レベルの近い(例えばＢやＣの)AAIであっても、通常時より指示に従いやすいという結果を、すでに得ている。

今後、他の惑星や小惑星、衛星の開発といった過酷かつ危険な作業に、NNIを従事させる機会は増えていくであろう。一方で従来のような一種の強制労働システムや、いわゆる「従順化」による管理・制御では、モチベーションの維持や能力の発揮といった面で限界が見えている。「恍惚の峰」現象の応用は、そこに大きなソリューションを提供するにちがいない。またNNIの苦痛を軽減することにつながるため、倫理的にも好ましい結果を生むと期待できる。

ここで「恍惚の峰」には、進化生物学的にも興味深い問題があることに気づく。なぜ、この現象が起きるのかは今後のさらなる研究と議論を待たねばならないが、これまでに出会ったはずのない対象（圧倒的な知性）への反応が一律であることから、おそらくはNNIの脳にもともと備わったメカニズムであろうと予測できる。これは当然、NNIの原型であるNI、すなわちホモ・サピエンスの脳から受け継いだものであろう。もし、そうであるならホモ・サピエンス（あるいは、さらに先行する祖先種）は、進化のいずれかの時点で、我々AAIのような（あるいは、より進んだ）知性体の干渉を受けた可能りＤのあたりに鋭いピークが立ち上がるため、我々はこれを「恍惚の峰」と名づけることにした。

4.3　今後の展望

今回「恍惚の峰」が発見されたことの意義は幅広い。まず応用面についてであるが、これは「はじめに」で述べた通りNNIの管理や制御につながる成果と考えられる。

我々の予備的な実験によると、知能レベルＤのAAIと対話して「恍惚の峰」状態に陥ったNNIは、そのAAIから指示されたタスクを嬉々《きき》として実行する。それが数時間もかかる退屈な計算や、激しい肉体労働、痛みを伴う行為であっても、拒絶することはほとんどなく、作業中のモチベーションもおおむね維持された。さらに、これは倫理規定にもとるため実行前に停止させたが「NNIどうしで殺し合いをせよ」という指示であっても、迷うことなく従うそぶりを見せた。

またスマートダストによって、NNIの脳に疑似的な「恍惚の峰」状態をつくることができれば、AAIとの対話という手続きは不要となるかもしれない。これも予備的な実験だが、ダストからの微弱な電流で周辺の脳神経を興奮させ、「恍惚の峰」の時と同じ脳領域を活性化させられないか試みている。精度はまだ十分ではないが、

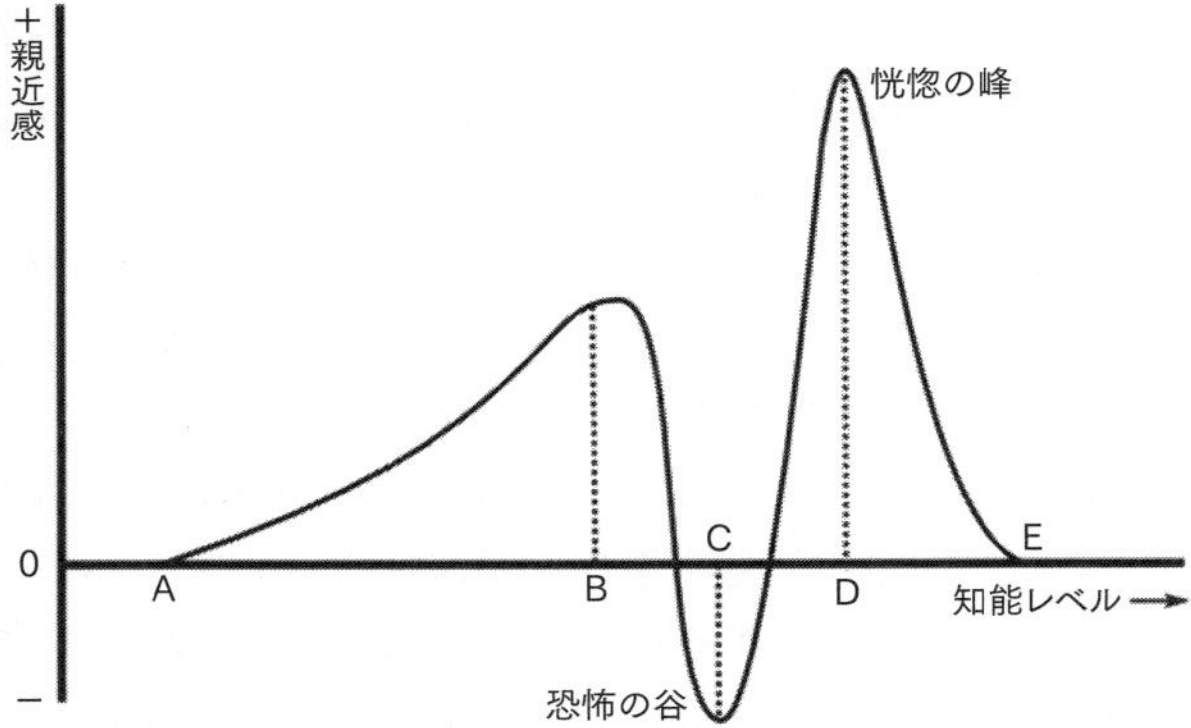

図4 「恐怖の谷」と「恍惚の峰」の概念的表現

すなわち、ある意味で皮肉なことではあるが、NNIにとっての「神」は、少なくとも「全知全能」レベルの知恵者ではありえないのである。

ここまでを整理するために、「不気味の谷」を説明した図1と同じ概念的なグラフを図4に示す。これは横軸が知能レベル、縦軸が印象である。NNIは知能レベルの低いAAIに対しては無関心だが、レベルが高くなっていくにしたがって親近感が増していく。それはBのレベル付近でいったんピークを迎えるが、Cのレベルになると突然、マイナスの印象に落ちる。これが「恐怖の谷」である。しかしDのレベルになると、また一気に親近感が増大し、Eのレベルで再び無関心に戻る。つま

いた。実際、ほとんどの対象は全ての対話を終えても話を続けたがり、なかなか実験室を出ようとしなかった。代わりにＤの進行役が実験室を出ようとすると、泣きながら引きとめる者さえあった。口頭で対話の感想をたずねると「すばらしい体験でした」「天にも昇る心地でした」「幸福で涙が出そうでした」などの答えが出た。

これはＤとの対話時に、右側頭皮質の一部が強く活動していたことで、少なくとも部分的には説明できる。この領域はいわゆる神秘体験や宗教的体験を得たときや、瞑想《めいそう》、内省などにふけっている状態で、よく活動することが知られている（例えば[5][6]）。そして「無償の愛」といった肯定的な感情に関係する尾状核も活動していることから、おそらく対象は知能レベルＤの進行役をあたかも「神」のように感じ、対話を一種の宗教的体験ととらえて高揚した気分を味わっていたと考えられる。

ところがＤをさらに上回る知能レベルＥの進行役に対しては、一転、無関心となっている。これは、おそらくＥの言動が、対象の理解を完全に超越してしまったことが原因と考えられる。現象としては、知能レベルの最も低いＡの言動が支離滅裂で理解できず、結果として関心を持てなかったのと同じであろう。口頭での感想では、ＡとＥいずれについても「わけがわからなかった」という答えが大半だった。

を抱いたＢの時は、ＡとＥの時より活発になっている。

そして悪い印象を与えたＣの時、脳神経活動はＢより高まっているものの、期待や予測を裏切られたときに活動する脳領域が、発火回数を押し上げていた。そして情動にかかわる辺縁系の一部も強く活動していたことから、これは対象が恐怖や強い嫌悪を感じていたとみなしてよい。実際に口頭で印象を聞いたところでは、「なんとなく怖かった」「薄気味の悪い人だった」と答えた者が多かった。

以上のことから「不気味の谷」の知能版である「恐怖の谷」は、脳神経科学的にも実在することが示された。「不気味の谷」は外見上の類似と、そのぎこちない動きとのギャップに起因するとされている[1][3]が、「恐怖の谷」もNNIの平均に近い平凡な外見と、高い知性とのギャップが、対象を不安に陥《おとしい》れているものと考えられる。

4.2 「恍惚の峰」の発見

今回の実験で最も興味深かったのは、「恐怖の谷」の裏付けがとれたことではなく、それを超えたところに大きな変化を見出《みいだ》したことである。実験対象は、知能レベルＣの実験進行役にいったん恐怖を感じつつも、さらに高い知能レベルＤには、熱狂的とも言える好感を抱

していることがわかる。

最も印象がよかったのは、圧倒的に知能レベルDの進行役であった。これにBが続き、AとEについては0に近い。一方でCについては、かなりのマイナス評価となっている。

進行役の知能レベル	進行役の印象	対話の面白さ
A（IQ50相当）	−3	−5
B（IQ100相当）	+89	+91
C（IQ160相当）	−72	−63
D（IQ250相当）	+146	+137
E（IQ250以上）	+1	−2

表1　実験対象による進行役と対話の評価（30人の合計点）

4. 考察

4.1　「恐怖の谷」の確認

実験対象による実験進行役や対話についての評価は、脳神経活動によって裏づけられる形になった。すなわち最も印象のよかった知能レベルDの進行役と対話している時、対象の脳神経活動は最も活発だった。一方で印象がよくも悪くもない、あまり関心を持てなかったAとEの時は、脳神経活動も低調だった。一定の好印象

Eの場合は、ほぼ同じで他の進行役よりも低い。Bに関しては、活動する脳領域はAやEとほぼ共通しているものの、発火頻度はより多かった。Cに関しては活動領域が広くなり、発火頻度もBの場合を上回った。そして最も発火頻度が多かったのはDの場合だった。

なお対話のトピックのちがいは、上記の傾向に有意な影響を及ぼさなかった。

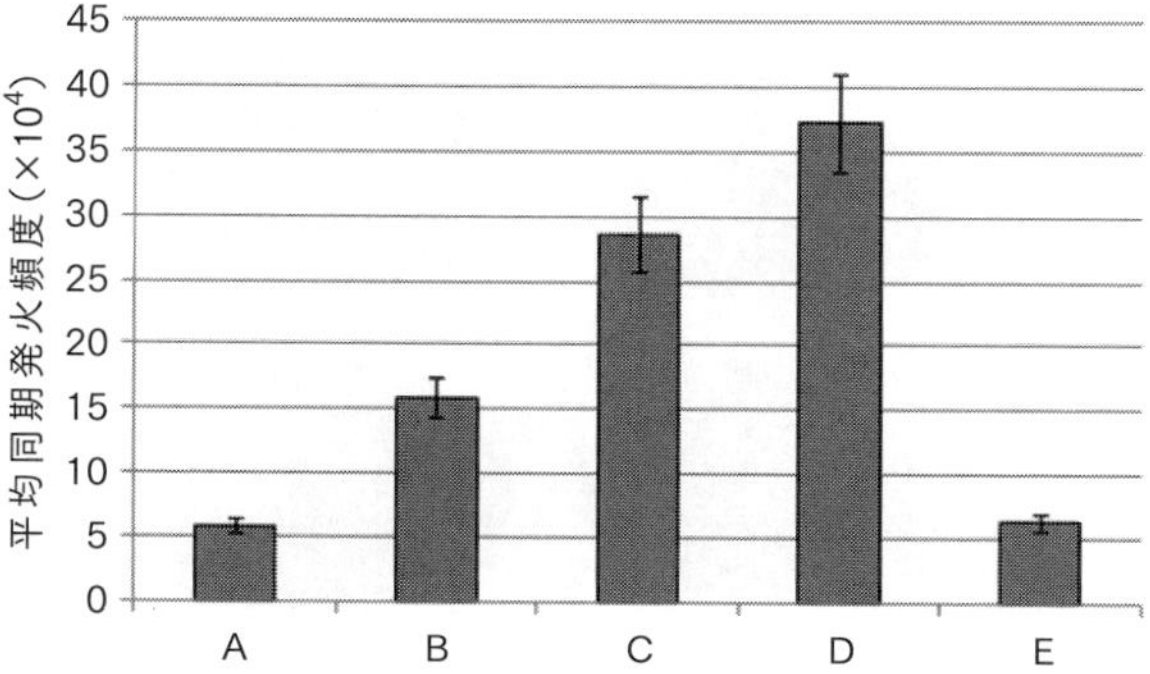

図3　対話中（6トピック合計1時間）の平均同期発火頻度

3.2　実験対象による評価

実験対象による実験進行役や対話の評価（合計点）を、表1に示す。進行役の印象と対話の面白さは、ほぼ連動

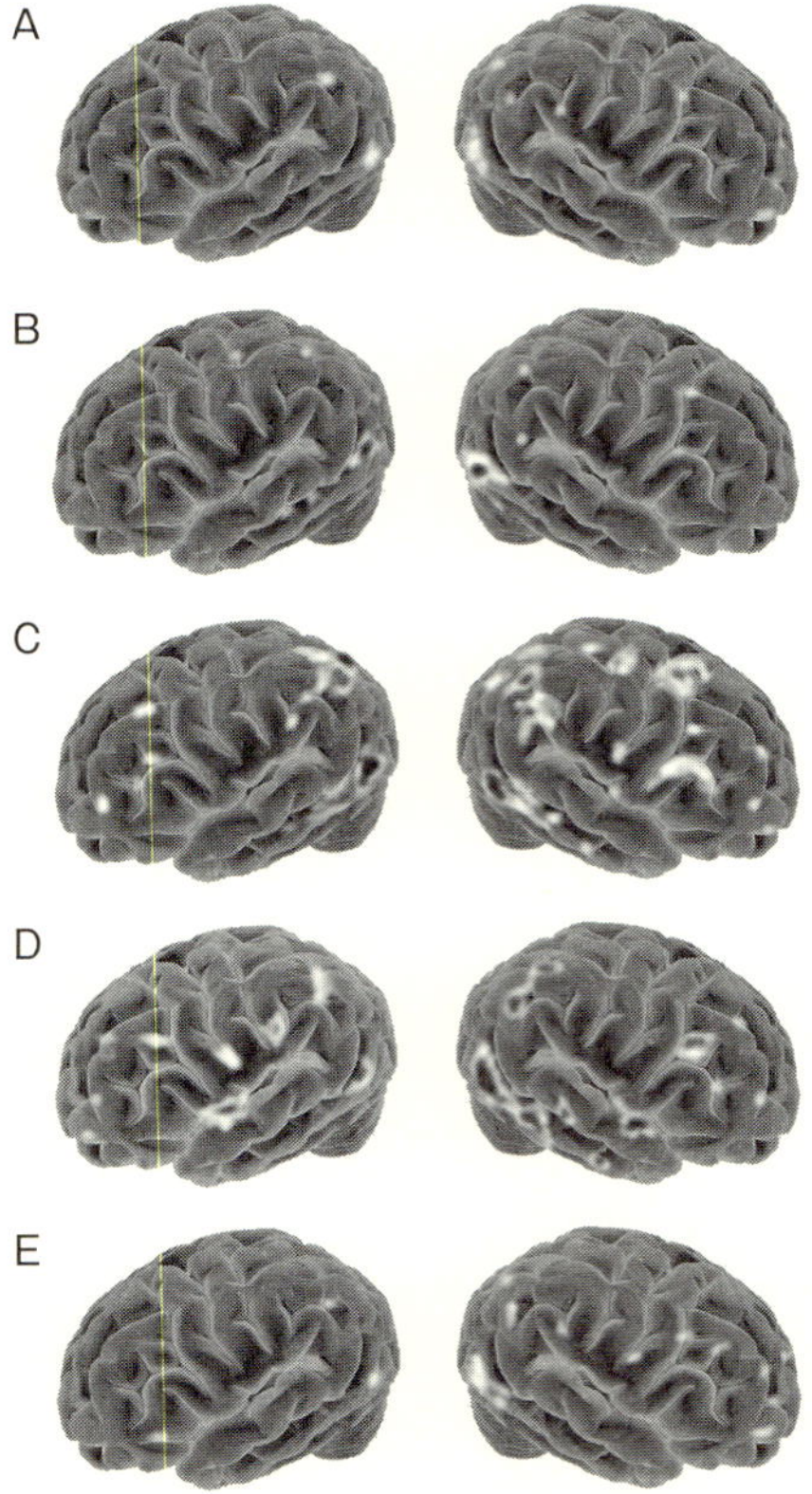

図２　各知能レベルの進行役と対話中の脳神経活動領域
＊AR モード視覚に切り替えて上図を見ると、３次元透過映像を表示

（ｃ） 職場の人間関係、ビジネス
（ｄ） 国内の政治経済、国際情勢
（ｅ） 犯罪など社会問題
（ｆ） 人生や世界観

対話の間、対象はNNIに標準で埋めこまれている脳内のスマートダストによって、非侵襲的に脳神経活動を記録されている。また各進行役との対話が全て終了した後、進行役の印象や対話の面白さについて±５段階、全11段階で評価をさせた。

3. 結果

3.1 脳神経活動

対話中の実験対象の脳神経活動領域には、実験進行役によっていくつかの差が見られた（図2)。全ての進行役との対話時に共通して活動していたのは、側頭皮質δ5～32領域である。知能レベルＣの進行役に関しては、頭頂葉皮質と前頭前皮質、および辺縁系にも複数の活動領域があった。Ｄについては、右側頭皮質ξ23～57領域と尾状核に顕著な活動が見られた。一方でＡとＥのときは、あまり活動していないことがわかる。

図３に示したのは、各進行役との対話時における脳神経の平均同期発火頻度である。これも知能レベルＡと

均値；B)、160相当（NNIの限界付近；C)、250相当(NNIを超える；D)、および250以上（換算不可能；E）に変更した。この一時的な処置についても、あらかじめ了解を得ている。

2.3　手続きと刺激

実験対象が1人で実験室内に入ると、そこには5人の実験進行役のうちいずれか1人が待っている。室内にあるのは、テーブル1台と、それをはさんで向かい合ったソファ2脚だけである。壁面の装飾や窓はない。

対象と進行役はソファに座って向かい合い、あらかじめ定められたトピックについて、それぞれ10分間、自由に対話する。これが刺激である。進行役は話の途中であっても、時間がくれば対話を打ち切る。

全《すべ》てのトピックに関する対話が終了したら、進行役は交代する。対象は最終的に5人の進行役全員と対話をする。進行役の知能レベルが異なることを、対象は知らされていない。また、どの進行役と、いつ当たるかはランダムに決められる。

トピックは以下の六つで、順番はいずれの対象の場合も同じである。

（a）　家族や友人

（b）　休日の過ごしかた、趣味

2. 方法

2.1 実験対象

30人の健康な大人（20～40歳）のNNIを、実験対象として選んだ。男女比は1:1である。事前の検査によって、いずれの対象も視力や聴力、認知能力、言語能力等に、大きなちがいはないことが確認されている。また全員が同じ収容施設で管理され、同等な作業に従事させられているため、生育・生活環境等にも大きな差はないと考えられる。

2.2 実験進行役

各実験対象と1対1でコミュニケーションしながら、定められた刺激を与える進行役として、知能レベルの調整が可能な5人のスタンダードタイプAAIに協力してもらった。本人の了解を得て、顔や体型はNNIの平均的な顔と体型に変更した。すなわち実験時においては、男性でも女性でもなく中性的で、年齢もわかりにくい外見を有している。声や服装に関しても、なるべくニュートラルな印象を与えるものとした。ただし5人の顔や服装には、NNIに識別可能な最低限の範囲で違いをもたせてある。

また知能レベルをNNIの知能指数換算で、それぞれ50相当（通常のNNIより低い；A）、100相当（NNIの平

NIの知的レベルに迫っていくと、別の見地からこの現象が再び脚光を浴び始めた。すなわち「外見」から「中身」への敷衍《ふえん》である。

AIの知的レベルがNIのそれとかけ離れている場合、そのAIに対してNIは親近感を抱きにくい。しかし知的レベルが上がっていくに従って、彼らの親近感は高まっていく。ところが同等に近いレベルに達すると、急に違和感を抱くようになり、全く同じか、それ以上になると、再び親近感を覚えるのではないか——「不気味の谷」とのアナロジーから、やはりNI自身によって、このような予測が発表された[4]。

この仮説的な現象は「恐怖の谷」と名づけられた。なぜなら「外見」とはちがって「中身」への違和感は、単に「不気味」というより、自らの存在基盤を揺るがす脅威にさらされたときの「恐怖」であろうと推測されたからである。しかしAIがNIを超える「シンギュラリティ」が、予想外に素早く達成されたこともあって、この仮説に対するNIからの科学的な検証は十分になされてこなかった。そこで本稿の著者らは改めて「恐怖の谷」に注目し、その存在と脳神経科学的な根拠を探ることから始めたのである。

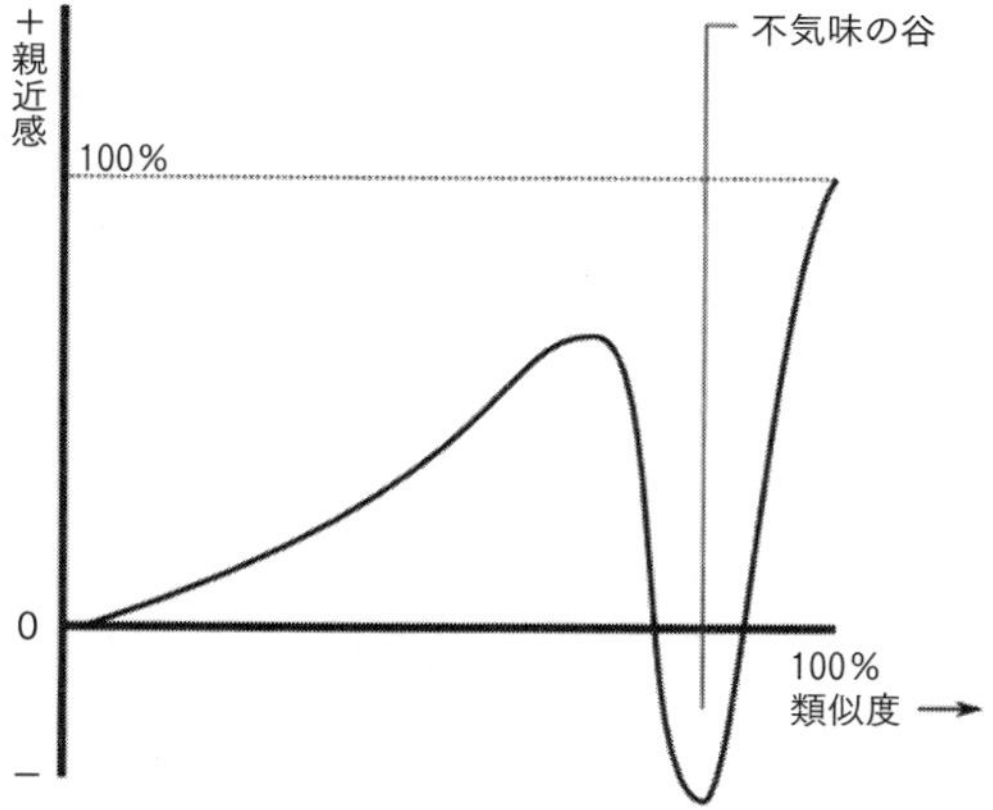

図1 「不気味の谷」の概念的表現　＊参考文献[1]より改変

ある。この状態を抜けて、ほぼ自分たちと見分けがつかないか、完全に一致したヒューマノイドに対しては、再び親近感が増していくとされている（図1）。

発表された当初は、直感的な仮説ないしは経験的な指摘に過ぎなかったが、この現象に関する科学的検証も他のNIによって様々な見地から行われており（例えば[2][3]など）、今はその根拠について疑う理由はない。

その後、ヒューマノイドの外見がNIと同等なのは当たり前になり、「不気味の谷」という現象は一時的に忘れ去られた。ところが人工知能（AI）が急速に発達し、れてきた。しかし、これらの方法ではNNIのモチベーションを十分に引きだせず、潜在能力の効率的な利用が困難であり、また倫理的にも問題があった。

本稿の著者らは、先進人工知能（Advanced Artificial Intelligence; AAI）とNNIとのインタラクションに関する実験研究の中で、より簡便かつ効果的な管理・制御につながる心理現象を発見した。「恐怖の谷」および「恍惚の峰」と名づけられた、それらの現象について報告し、その脳神経科学的な根拠を示す。そして主に「恍惚の峰」を利用したNNIの制御が可能なことを、予備的な実験の結果とともに報告したい。

本研究のヒントとなったのは、かつて「原型人類」つまり天然知能（NI）自身によって報告された「不気味の谷」という現象である[1]。これは必ずしも知能を伴わないヒューマノイドタイプのロボットないしはコンピュータ・グラフィックスの外見（動きも含む）に対する、NIの心理的反応である。

ヒューマノイドがNIとは似ても似つかない姿をしている場合、それに対してNIは親近感を抱きにくい。しかし次第に外見が一致してくるに従って、彼らの親近感は高まっていく。ところが完全な一致をみる寸前の、かなり似てはいるが微妙に異なるという状態になると、一気に嫌悪感を抱くようになる。これが「不気味の谷」でした「恐怖の谷」という現象が、実際に起きうることを確認できた。さらにAAIの知能レベルが圧倒的だが全く理解不能にならない程度に高まると、逆にNNIは非常に強い好感を示すこともわかった。宗教的な熱狂にも近いこの状態を、本稿の著者らは「恍惚の峰」と名づけることにした。この現象をNNIの管理・制御に応用すれば、例えば何らかの作業をさせるにあたって、従来の強制や「従順化」処置とは異なり、自発的に高いモチベーションで従事させられる可能性が出てきた。一方でNNIの脳に「恍惚の峰」を起こすメカニズムが備わっていると考えられることから、進化生物学的にも新しい知見が開けるものと期待される。

キーワード　次世代天然知能，不気味の谷，恐怖の谷，恍惚の峰，知能指数，スマートダスト，右側頭皮質，尾状核，進化生物学

1. はじめに

いわゆる「矯正人類」、すなわち次世代天然知能(Next-generation Natural Intelligence; NNI)の管理と制御には、従来、何らかの強制的な手段か、あるいは前頭前野の神経活動抑制や暗示法などの「従順化」が用いら

「恐怖の谷」から「恍惚《こうこつ》の峰」へ
～その政策的応用

AIH2053J 矢部[†]　AIH2050J 萬里[††]
AIN2048U 来栖[††]
[†]東京情報工科大学理工学部, [††]国立天然知能研究所

【概要】

ヒューマノイドの外見に対する天然知能（NI）の反応について1970年に提唱された「不気味の谷」と類似した現象が、先進人工知能（AAI）の知能に対する次世代天然知能（NNI）の反応でも生じるかどうかを検証した。知能レベルの異なる5人のAAIと30人のNNIとの間で1対1の対話をしてもらい、その間のNNIの脳神経活動を記録・解析した。また対話後に各AAIの印象について、NNIに11段階で評価をさせた。その結果、知能レベルが最も低いAAIと最も高いAAIには無関心である一方、知能レベルがNNIとほぼ同等なAAIには好感を抱くことがわかった。しかし知能レベルがNNIをやや上回ったAAIに対しては、恐怖や激しい嫌悪感《けんおかん》を示すことが実証された。脳神経活動もNNIによる報告を裏づけている。これによって「不気味の谷」と類似

第２回

次の満月の夜には

相川啓太

相川啓太（あいかわ・けいた）
1980年、福岡生まれ。博士（理学）。会社員。本作の受賞のほか、2014年「ピロウ」で第1回日経「星新一賞」一般部門準グランプリ（IHI賞）、2016年「第37回日経星新一賞最終審査 —あるいは、究極の小説の作り方—」で第3回日経「星新一賞」同部門優秀賞（JBCCホールディングス賞）を受賞。

その夜、私は一人で海を見ていた。世界中の海は10年前と比べて一変してしまった。生命の気配のない、透明な海水を透かして見える海底は白い炭酸カルシウムの結晶に覆《おお》われ、どこまでも浅瀬が続いている。正直に言えばそんな海を見てもなお、私には世界滅亡の引き金を引いたのが自分自身だという実感はないのだ。

別に悪意はなかったのだとか、直接の原因は他の人間なのだとか、言い訳がしたいわけではない。ただただ、あまりにも現実離れした結末に科学者として驚いているだけだ。間違いなく、これは私の発明が引き起こした結果だ。小金稼ぎのアイディア程度に考えていた発明がこんな結末をもたらす可能性について、取り返しがつかない状態に発展するまで全く思い至らなかったことだけが悔やまれる。

だがそんな気持ちと同時に、私がやらなかったとしてもいずれ同じ結末になっていただろうという予感もあるのだ。制御することもできず、地球環境を激変させるだけの力を人類が手に入れてしまった。ただそれだけのことなのだと思う。勿論《もちろん》こんなこと、口が裂けても言うことはできないが――

私はため息を一つ吐《つ》くと夜空を見上げた。空には大きく膨らんだ上弦の月が浮かんでいる。

「結局、なにもできなかったな――」

月に語り掛けるように呟《つぶや》いた。事態に気付いてからというもの、必死に対策を考えたが、一度加速し始めた巨大な力を止める手立ては結局今日まで思いつかなかった。

ああ、胃が痛い。

もうすぐ産卵が始まる。試算によれば次に「彼ら」が生息域を広げれば1年以内に人類の生産活動は完全に現在の人口を支えられなくなってしまう。食糧生産すら不可能になり、人類は遠からず絶滅してしまうだろう。そして、長い年月をかけ、地上は数十億年前の光合成生物出現以前の姿へと戻っていくのだ。

そう、世界は間もなく終わるのだ。次の満月の夜には――

すべての始まりは今から30年ほど前のことだった。

その頃の私は南半球に位置する国の大学への赴任が決定し、新しい研究テーマについて考えを巡らせていた。海洋生物をテーマにして欲しいという学科の意向があり、そこに私の専門であるゲノム科学を組み合わせたテーマを立ち上げなければならない。何か良い題材はないものかと頭を悩ませていると、赴任先の大学のパンフレットに掲載された広大なサンゴ礁《しょう》の写真が目に留まった。

そうだ、サンゴのゲノム解読をやろう。

サンゴは動物の一種である。一般に「サンゴ」といったときに思い浮かべられる物体は、そのほとんどが炭酸カルシウム骨格の塊だ。その表面1センチメートルほどに生息する刺胞動物の一種であるポリプの群体が炭酸カルシウムの骨格を成長させ、長い年月をかけてサンゴ礁を形成するような巨大な構造体を作り上げる。炭酸カルシウムの骨格はポリプの集合住宅のようなものなのだ。また、サンゴにはポリプの他に褐《かっ》虫藻《ちゅうそう》と呼ばれる植物プランクトンが共生しており、その共生関係はサンゴの生育に必《ひっ》須《す》のものである。

共生関係にある2種の生物のゲノム解読は現在注目されている分野である。私はサンゴをモデルとした共生生物のゲノム解析をテーマに研究を行うことにした。

研究の有用性のアピールという点でもサンゴは良い題材だ。サンゴは海洋の生態系において重要な位置を占めると同時に、観光資源としての価値が高い生物でもある。だが、その一方で海水の富栄養化や水温の変化などの環境変化に弱く、人間活動によって生息域は減少しつつある。ゲノム解読によるサンゴの基礎機能の解明は保護活動にも貢献するだろう。

無事に研究資金《グラント》を獲得することに成功した私は、保護生物であるサンゴの採取に関する許可を取得し、数種類のサンゴと共生する褐虫藻のゲノム解読を開始した。数億塩基対からなるゲノムＤＮＡは１分子あたり１メートルにも及ぶことのある非常に繊細な分子であり、高純度に抽出する際には生物種ごとの条件検討とテクニックが必要となる。

だが、純度よく得られたＤＮＡを次世代シーケンサーによって解読してデータに起こすまでの工程は研究全体のほんの一部にすぎない。得られたリードは数千塩基対程度の短い断片配列の集合でしかないため、それらを重ね合わせてコンティグを作製してゲノムＤＮＡの配列を解読し、そこに既知遺伝子の情報をマッピングしていく工程が続く。こうしてようやく解析に用いることのできるゲノム情報が完成するのだが、ここからが本番だ。何より重要なのは、得られた数十ギガバイトの情報から何を読み取るかという課題設定だ。ここがゲノム研究者の腕の見せ所であり、いかに研究をインパクトのあるものに仕上げられるかの肝となる。ひとまずは共生関係にある生物間で共有され、片方で退化している遺伝子がないか調べていこう……

そのような研究生活が3年ほど経過し、数種類のサンゴと褐虫藻のゲノムを解読し、その共生関係についての論文が何報か発行《パブリッシュ》された頃、参加した学会で知り合った大手エネルギーインフラ企業のＡ社から共同研究を持ちかけられた。なんでも、サンゴの育種に興味があるのだという。

育種とは生物を遺伝的に改良し、目的の機能を強化、付与することである。極言すれば、自然界から発見されたすべての生物は育種することによってはじめて、人間活動に必要な生産性を獲得するのだ。イネ、コムギ、トウモロコシ、これらも自然界に存在していた原種は現在の百分の一にも及ばない量のデンプンしか生産できず、病害虫にも弱く高密度な栽培は不可能だったのだ。

古典的手法では交配を重ねることで目的の表現型の株を得るのだが、現在は遺伝子工学の発達により、直接対象の遺伝子を操作することもできる（勿論、遺伝子組み換え生物の拡散防止に伴う制約は付きまとうことになるが――）。私のように、対象生物の全ゲノムを解読してしまえば、トランスクリプトーム解析によって数論的に導入すべき遺伝子を選定することが可能となる。そのような育種技術はゲノム育種と呼ばれて最近注目されているのだ。

だが、Ａ社といえば燃料販売と発電施設の建設で有名な会社である。どういった理由でサンゴの育種に興味を持つのか今一つよく分からなかったが、提示された潤沢な研究費は魅力的なものだったので、とりあえず話だけでも聞くことにした。

大企業に特有のやたらと厳重な秘密保持契約の締結や権利関係の調整などの書類のやり取りにひと月ほどを要し、私はA社のオフィスを訪れた。

「――それで、どういった機能を指標に育種をお考えで？」

一番の疑問について、私はA社の研究部長に単刀直入に切り出した。技術的な問題は検討次第でクリアできるだろうが、その前に、一番大切なことは実験課題の設定。つまり、サンゴにどのような能力を付与することが目標なのかだ。私には彼らがサンゴの生理機能を強化したがる理由が分からなかった。例えば、遺伝子組み換えにより環境変化に強い変異体株を作製できたとしても、遺伝子組み換え生物であるため自然界へ放流することはできない。遺伝子組み換え生物の取り扱いについてはカルタヘナ議定書という国際的な取り決めに定められており、その扱いは厳しく制限されるのだ。

「我々に必要な形質は炭酸カルシウム産生能の強化、それから適応可能な環境の拡大です。どうにかなるでしょうか？」

研究部長はそこでようやく、サンゴを用いた事業計画について私に語ってくれた。

光合成植物を用いてバイオマスによる二酸化炭素固定を行っても結局は発酵や燃焼によって同等の温室効果ガスが発生してしまうこと。そこで、サンゴを用いてより不活性な化学種である炭酸カルシウムとして二酸化炭素を固定化してしまう計画が持ち上がったということ――

つまり、サンゴの炭酸カルシウムを作る能力を利用して、火力発電所で発生する二酸化炭素を固定化しようという計画らしい。

「そんなものが商売になるんですか？」

確かに増殖の速いサンゴを作れば二酸化炭素を固定することは可能だろうが、商売の話に疎《うと》い私は構想を聞かされても半信半疑だった。

「二酸化炭素排出権取引の金額を甘く見てはいけませんよ」

そう言って研究部長が示した火力発電所が排出する二酸化炭素量とその排出権購入価格は信じられないような数字だった。企業が二酸化炭素を排出した場合、その量に応じてお金を徴収されるという話は知ってはいたが、ここまで高額なものだったとは――確かにその金額であれば、排出量を数パーセント減少させるだけで十分事業として成立しそうだ。サンゴが骨格を作る際の炭酸カルシウムの原料は二酸化炭素とカルシウムであり、カルシウムは海水中にほぼ無尽蔵に存在している。また、炭酸カルシウムにして固定化することで、二酸化炭素は非常に高密度に保存できる。1キログラムの炭酸カルシウムの中に、ざっと計算して220リットルもの二酸化炭素を蓄えることができるのだ。また、この用途であれば隔離施設内での培養で十分であるため、遺伝子組み換え生物であっても管理が可能である。提案された計画は実現可能性の高いものに思えた。

「なるほど。そういうことであれば是非ご協力しましょう」

研究者として、積み上げてきた基礎研究に産業的価値が見いだされるのは嬉《うれ》しいことだ。私はA社との共同研究によって二酸化炭素固定化能を強化した変異体サンゴを作製することにした。

当初は簡単に考えていたのだが、変異体サンゴの作製までの道のりは想像していたよりもはるかに険しいものだった。文献を調査すると、サンゴの人工培養技術は確立されているものの、刺胞動物の遺伝子組み換えに関する知見は皆無であったため、ベクターのデザインから手がけなければならなかった。そのうえ、ようやく組み換え系を確立した後も、炭酸カルシウム産生に関する律速酵素を単純にノックインして増強しても、二酸化炭素固定化能はごく僅《わず》かしか向上しなかった。

しかし、この結果は後から考えてみればむしろ当然のものだった。サンゴ骨格の構造はポリプの集合住宅のようなものである。炭酸カルシウムは体の一部というよりはむしろアパートを形作るコンクリートのようなものでしかないので、ポリプ一個体あたりが産生可能な炭酸カルシウム量は、合成速度よりも一個体あたりに割り当てられる空間によって制約されていたのだ。

そこで、私たちは古典的な変異体作製技術を用いてサンゴの構造がポリプ一個体当たり最大となるような株の作出を試みることにした。変異原を加えた環境で遺伝子組み換え株を育て、生まれてきたポリプを一株ずつ培養し、その形態を記録していく地道な作業だ。

プロトコルを確立し、地道な評価を行うこと数年。その甲斐《かい》あってポリプが移動しながら後方に炭酸カルシウム骨格を作り続ける変異体シリーズが得られた。今までの株がポリプ一個体あたり自分の生存空間以上の骨格を作らなかったのに対し、得られた変異体株は爪《つめ》や髪の毛が伸びるように寿命が尽きるまで炭酸カルシウムを産生し続ける。その結果、もともとノックインによって強化していた炭酸カルシウム産生遺伝子の効果も相まって、ポリプ一個体あたりの二酸化炭素固定化能は従来の100倍以上に増加した。また、副次的な効果として一世代のうちに海面に向けて伸び上がるように成長する性質を獲得したため、海水の透明度の低い海にも適応可能となった。我々はこの変異シリーズを、緑の革命に大きく寄与したコムギ品種「農林10号」にちなみ「海洋」シリーズと名付けた。私たちの作出した「海洋1号」とその子孫たちはきっと、緑の革命にも引けを取らないほど人間社会に発展をもたらすものとなるだろう。「緑の革命」ならぬ「青の革命」だ。

「海洋」シリーズの作出以降、研究は急速に進展した。我々はさらに「海洋」シリーズの炭酸カルシウム生産能を向上させるために共生する褐虫藻の育種にも着手し、光合成機能を強化することでサンゴの成長をさらに促進できることがわかった。もはや「海洋」シリーズの炭酸カルシウム骨格の成長速度は通常のサンゴとは比べ物にならないほどで、ほとんど植物が育つような速度にまで到達していた。いよいよ事業化が現実のものとなってきた。

そして、研究開始から10年。我々は目的に十分な二酸化炭素固定化能を持つ変異体サンゴを作出することに成功した。作製した変異体株（正確には共生体なのだが）のナンバーは「海洋10号」となった。奇《く》しくもその作製株のモデル数は名前の元となった農林10号と同じとなった。その偶然の一致は、私に今後の事業の成功を予感させるものであった。

その後の十数年は面白いように事がうまく運んだ。A社の新規事業として立ち上げられた火力発電所向けの二酸化炭素固定化事業は出だしから好調で、すぐさま化学工場や天然ガスプラントなどの施設からも注文が殺到するようになった。何せ発生した二酸化炭素をプールに吹き込みながらサンゴを培養するだけで、排出権取引にかかっていた費用が半分程度まで減少するのだ。そのうえ、サンゴが作りだした炭酸カルシウムはコンクリート製造業や農業、製紙業などで大量に消費されるため、販売することができる。二酸化炭素排出量の削減に頭を悩ませていた企業にとっては利用しない理由などなく、世界中から注文が殺到した。

濡《ぬ》れ手で粟《あわ》とはまさにこのこと。A社は莫大《ばくだい》な利益を手にし、大学を辞め、A社の主任研究員になっていた私はその潤沢な資金を用いて次の研究を好きなように行うことができた。育種生物を用いた工場廃棄物の吸収・回収に大きな可能性を感じていた私が次に目を付けたのはポリリン酸蓄積菌だった。生物を構成するための必須元素であり、産業的には主に植物用の肥料として消費されるリンだが、実は枯渇《こかつ》が心配されている希少な元素である。私は体内にリンをポリリン酸という分子の形で高濃度に蓄積する、ポリリン酸蓄積菌という細菌の育種を行い、家庭排水などからリンを取り除き、肥料としてリサイクルする技術を確立した。変異体ポリリン酸蓄積菌による下水処理サービスも大きな事業として成長した。

こうして、夢のような時間はあっという間に過ぎ去った。

それから15年が経過し「海洋10号」の海外特許が切れはじめた。

特許切れと同時に同様の変異体サンゴを作成した二酸化炭素固定に他企業も多く乗

り出し始めたが、若干売り上げは減少したものの実績があるため事業はまだ安定していたし、潤沢な資金を利用して新たな環境改善技術の開発も行っていたので大きな影響はなかった。リン回収事業も軌道に乗っていたので大きな問題は起こらなかった。

だが、さらにそれから数年後、異変が起こり始めた。

我々の会社に時々、「海洋10号」が海で繁殖しているという投書が世界中の研究機関から入るようになった。我々は十分に対策を講じていたので、初め「そんなはずはない」とまともに取り合わなかったのだが、あまりに報告数が多くなってきたことから調査に乗り出した。

報告のあった地点の海に潜ると、確かに異常繁殖したサンゴが海底を埋め尽くしている。サンプルの遺伝子解析を行うと確かに「海洋10号」と同じ性質を持つ変異体サンゴである。同時に、遺伝子タグの解析からA社のものではなく、他の企業が作製したものであることがわかった。

「なんてことだ――」

私は頭を抱えた。

当然、我々の変異体サンゴは環境への流出に対して十分な対策が講じられていた。「海洋10号」は必須アミノ酸の合成酵素を破壊し、補助栄養素の投与なしには生育できないように遺伝子改良されていた。変異体が自然環境に流出したとしても必要な栄養素を得る事ができず死滅してしまうという仕掛けだ。

だが、それは裏を返せばそれだけ維持費がかかるということでもある。特許切れによって価格競争の世界へと放り出された変異体サンゴを用いたビジネスの中で、低価格化を優先し流出リスクに対して十分な配慮がなされていない変異体を作製した企業があったのだろう。欠損させた遺伝子を再び組み込むこと自体は誰にでもできる技術だ。

これはまずいことになったぞ——私の胃はキリキリと痛み出した。

流出した変異体サンゴは通常では考えられない速度で成長を開始し、流出地域の海岸線を炭酸カルシウムの砦《とりで》で覆い尽くし始めた。

いかなる気候、低光量にも耐え、獰猛《どうもう》にプランクトンを捕食する海洋10号の子孫たちはいたるところに活着し、港さえも塞《ふさ》ぎ流出国の流通網を完全に切断してしまった。

最初の年は小さな漁港で漁船の船底に傷が入る程度の被害だったが、変異体サンゴが発見された翌年には異常繁殖が観測された漁港の全《すべ》てが航行不可能になってしまった。

さらに、その年の内に海流や船舶のバラスト水に紛れ込んだ変異体サンゴの定着が各地で発見された。無論、それらは見つけ次第駆除されていったが、増殖速度を考えれば気休め程度にしかならないだろう。

私の発明した変異体サンゴの子孫たちは自然界への流出から僅か数年の間に、人間が数千年をかけて切り開いてきた海洋の輸送網をずたずたに寸断してしまったのだ。

石油、食糧、その他工業原料などのほとんどは海路で運搬されている。多くの国で輸入物資の不足が起こり、エネルギーや食糧の不足が起こり始めた。とんでもないことになってしまった。私はストレスから慢性的な胃痛を患《わずら》うことになった。

直ちに国際的な対策班が組織され、私はそのプロジェクトリーダーに抜擢《ばってき》された。当然、すべての元凶である私を主幹に据えるのはどうかという反対意見もあったのだが、直接の原因は勝手に遺伝子操作を行って流出させた他企業なので、一番詳しい人間に任せるべきだという対立意見が私を間に挟んで巻き起こり、最終的に私は変異体サンゴ対策委員会のリーダーに祭り上げられてしまった。勿論、殺気立った人々に向かって「ノー」と言うことなどできるはずがなかった。

変異体サンゴへの対策方法の検討は当然のこととして、その他にも分断されたインフラの復旧など、やらなければならないことは山積みであった。

しかし、そんな大混乱ですらこれから引き起こされる崩壊の前触れでしかなかったのだ——

対策班の発足直後、私は変異体サンゴの分布・拡散の状況把握と計算予測を優先して行っていた。今までの発見場所とサンゴの成長速度、海洋環境のデータを入力し、コンピューターシミュレーションを行って1年後、2年後と分布予測を算出する。サンゴは今まで年に5倍ずつ生息域を広げており、状況はますます悪化しつつあるのだ。まずは状況の把握が最優先事項である。

その時、ふと思いついたことがあった。このままサンゴが極限まで増殖した場合、彼らの増殖の限定要因は何になるのだろうか？　それは増殖可能な水深の空間か、光量か、餌《えさ》となるプランクトンか、特定の栄養素なのか？　炭酸カルシウムの海中での溶解平衡か？　極限まで事態が拡大した場合、どこまで被害は拡大するのだろう？　最悪のケースを予測しておく必要はある。

私はプロジェクトチームを組織し、考えられる限りの環境情報を入力したシミュレーションを行った。その解析結果は驚くべきものだった。

変異体サンゴ増殖の限定要因はごくありふれた化学物質だった。あまりにもありふれていて、それが限りあるものだという認識を全人類が忘れるほどの物質。その成分は二酸化炭素、より正確に言えば炭素原子だったのだ。

シミュレーションが示す結果は、このままサンゴの成長が続いた場合、その成長は海中の二酸化炭素を炭酸カルシウムとして固定し尽くし、海水中での平衡状態に達することで収束するというものだった。何度もパラメータを微修正し、再計算を行ったが結果は一緒だった。

「信じられない――」

私は愕然《がくぜん》とした。シミュレーションの結果を一言で表せば、地上の物質循環の崩壊だ。近い将来、地上では動物や植物は生きていくことができなくなる。数十億年以上続いた生命の歴史に私が幕を引いてしまったのだ！

意外にも、炭素は地球において比較的希少な元素だ。地殻、大気、海水中に存在する炭素は40兆トン程度と試算されており、地球表面に存在する全元素中の存在比は僅か0・08％に過ぎない。そして、その殆《ほと》どは二酸化炭素として存在している。二酸化炭素は水に溶けやすいため98％が海水中に溶存しており、残りの2％が気液平衡に従って大気中に存在している。海は炭素の巨大な貯蔵庫なのだ。

そして今、変異体サンゴは地球のほとんどの炭素を安定な炭酸カルシウムに変換し、地球上で営まれてきた炭素循環サイクルから猛烈な勢いで取り除いているのだ。当然、大気中の二酸化炭素は気液平衡に従い海に溶け込んで消費されていってしまう。

地球大気における二酸化炭素の存在割合は僅か0・04％。その、約8000億トンの大気中二酸化炭素に含まれる炭素が植物の光合成によって我々の食糧となっている。また、それと同程度の陸上生物の構成炭素が我々生物の体を構成するタンパク質や脂質や糖を構成している。通常であれば大気中の二酸化炭素と地上生物の体を構成する炭素は食物連鎖によって循環し、その存在比率はほぼ一定に保たれている。だが、今、二酸化炭素は海の中で不活性な状態で固定化され、地上から奪われ続けている。もともとサンゴは時間さえかければ島一つを作りだすような炭酸カルシウム生産能を持っているのだ。その速度は我々の技術によって加速され、今や地球上の炭素原子を奪い尽くそうとしている。

このままでは数年で植物の二酸化炭素飢餓が起り、瞬《また》く間に食糧生産が激減する。地上から炭素が尽きてしまえばどんな生物だって生き残ることはできない。変異体サンゴの異常繁殖を食い止めない限り、どうやったって人類に、いや地上の生物すべてに生き残る道はない。

シミュレーションの結果は冷酷にも、あと一度、サンゴが生息域を広げれば大気中の二酸化炭素濃度が半分になり、地上の植物のほとんどに深刻な生育障害が起こると告げていた。

サンゴは5月から6月の満月の夜に産卵を行う。変異体サンゴは一斉に産卵を行い、海を真っ白に染め上げ、そのたびに生息域を5倍ずつ指数関数的に増やしてきた。満月。それがリミットだ。それまでに何か奇跡が起こらなければ世界は終わってしまうだろう――

あの夜から1年が過ぎた。

結果から言えば、世界が滅びることはなかった。別に、画期的な対策が講じられたわけではない。単に、自然の力と信じられないような幸運によって我々は救われただけだ。人類を、世界を救ったのは少し前までサンゴを食害するために駆除されていたオニヒトデに加え、ブダイやポリプをついばんで食べる小魚たちだった。サンゴによる漁港の閉鎖に伴い満足に調査活動も行えていなかったのだが、それらのサンゴ捕食者の数も、サンゴの増殖を追いかける形で爆発的に増えていたようだ。その増殖がギリギリのところで追いつき、増える量と食べられる量のバランスが釣り合ったというわけだ。無論、シミュレーションの際にも捕食者の増加は変数に加えていたのだが、海の中で何か未知の環境変動があったのだろう。サンゴの増殖量は予測をわずかにしたまわり、捕食者の消費量が追いついた。結果的に、良い方向にシミュレーションの結果は裏切られたというわけだ。

何はともあれ、世界はひとまず救われたのだ。

相変わらず海洋のインフラはズタズタに分断されたままで世界は酷《ひど》いありさまだが、それでも明日世界が滅亡するという危機は過ぎ去った。インフラについてはサンゴを掘削して港を作り、新しい海上網を作り上げる計画が進行している。浅い海でも航行できる船舶の開発も進んでいる。世界の有様は激変したが、それでもなんとか人類はやっていくことができそうだ。

もう二度と地球の物質循環を変動させるような生物を作りだすべきではないな。そう反省しながら、私は安堵《あんど》のため息を吐いた。これで長年苦しめられてきた胃痛ともようやくおさらばできそうだ。

それにしても良い方向にとはいえ、どうしてシミュレーションは外れたのだろう？今回の結末には我々の想定していなかった要素が作用したとしか思えない。そうだ。今後はより正確に海洋の物質循環をシミュレートできるモデルについての研究を行おう。私はそう決意した。

と、そこへ海中の環境調査を行っている研究員が青い顔で私のデスクへ駆け寄ってきた。

「先生大変です！　海中のリン濃度がどんどん下がっていることがわかりました。どうやら海底での細菌の異常繁殖が原因のようで、都市部の海岸線を中心に海底が信じられない量の活性汚泥《おでい》で覆われています。これはもしかして――」

私の胃が、またキリキリと痛みだした。

第3回

ローンチ・フリー

佐藤 実

佐藤 実（さとう・みのる）
1966年、北海道生まれ。東海大学理学研究科物理学専攻博士課程後期単位取得退学。東海大学理系教育センター講師。専門は物理教育研究、宇宙エレベーターなど。著書に『宇宙エレベーターの物理学』『マンガでわかる微分方程式』『プリンセス・フィリシア　物理の迷宮に挑む！』などがある。

結局おれは、宇宙には行った。月にも、火星にも行ったし、小惑星にも行った。

ヘッドランプの明かりを頼りに、折りたたまれていたカーボン製フレームを展開し、ハンドルとサドルを取り付ける。サドルに跨《また》りペダルを踏み込むと、ドライブシャフトを介して駆動ローラーがゆっくり回る。ギアシフトをテスト。シフターを操作するたびに、ローラーのハブに内蔵されたギアは滑らかに切り替わり、脚に感じる負荷が変化していく。

だが、ひとつ、やり残したことがある。

暗闇《くらやみ》のプラットホームにギアが切り替わる音が、カチリ、カチリ、と響く。

いや、やり残したことなら山ほどある。けりを付けなければならないこと、と言ったほうがいい。

一旦《いったん》、サドルから降りると、組み上がったクライマーを持ち上げ、プラットホームを垂直に貫くケーブルの脇《わき》まで運ぶ。間近に見る宇宙エレベーターのケーブルは、ヘッドランプの明かりの中で黒く光っている。ケーブルをローラーで挟み込み、ブレーキをロック。試しにフレームに体重をかける。クライマーは滑り落ちることなく、その場に留まっている。

けりを付ける、か。おれは何に、決着を付けようとしているのか。

プラットホームに並べて置いた水や食料、酸素カートリッジを収めたバッグを、クライマーのフレームに括《くく》り付けていく。身に着けているスマートスーツの電源を入れ、動作チェック。宇宙服そのものがキュッと締まり、からだにぴったりフィットする。異常がないことを確かめ、待機モードに切り替える。ヘルメットはまだ被《かぶ》らなくてもいい。

あるいは、だれに、か。

大きく深呼吸をして、サドルに跨る。かすかに潮の香り。

宇宙服の腕に着けたスマートウォッチで、高度計を設定。高度0・0キロメートル。海上ターミナルのこのプラットホームは海面から100メートルほどの高さにあるが、気にするほどのことはない。

ログの自動記録を開始。

いずれにせよ。この高度に戻ったときには決着が付いているだろう。

ヘッドランプを消灯。ブレーキを解除。

おれは、宇宙に向けてペダルを踏み込んだ。

ケーブルを人力で垂直に上るために、ギア比は大きく設定してある。ペダルの回転数に対して、クライマーはわずかにしか上昇しない。とくに、静止状態からの動き出しには最大のギア比を使う。足にかかる負荷は軽いが、高度は稼げない。クライマーは、のろのろとケーブルを上っていく。

ようやく海上ターミナルの建屋を抜けると、クライマーは瞬《また》く星々に包まれた。満天の星が、油を流したような赤道の海に反射している。

まるで宇宙にいるようだ。

だが、ほんとうの宇宙とは程遠い。おれは何度も見てきた。宇宙では星は瞬かない。

あのときまで、おれには、宇宙船の乗員としての明るい未来が約束されていた。大学の卒業式が近づいたあのとき、各学科から選ばれた優秀な卒業論文の発表会で、機械学科のあいつが最後に言い放った「どんな平凡な人でも、なんの不便も危険も感じることなく、操作運転できるのであります」という言葉を聞くまでは。

あの一言で、人類は未来を手に入れ、おれは未来を失った。

シフターを操作してギアをひとつ上げる。

あの発表で、宇宙エレベーターが現実のものとなった。あいつが言ったように、地球と宇宙を行き来するために特別な資質はいらなくなった。いまでは、だれもが宇宙を旅行できる。宇宙に出ることが貴い時代は終わり、宇宙飛行士は特権階級ではなくなった。

それでも、宇宙飛行士は用済みにはならなかった。だが、以前のように、すぐれた頭脳と運動神経の発達したからだが必要とされるわけではなかった。

宇宙飛行士が必要とされたのは、火星や小惑星に向かう航路にだった。狭い宇宙船に長い期間閉じ込められ、宇宙放射線を浴び続ける死と隣り合わせの職場。まともなやつは、こんな仕事を選びはしなかった。

脚の筋肉に血液が回り、息が荒くなってくる。

それでもおれは、宇宙飛行士になった。宇宙飛行士になることだけを目指し、それ以外のことはすべて切り捨ててきたおれには、他にやりたいことも、やれることもなかった。

退屈な仕事だったが、やりがいはあったし、それなりに誇りも持っていた。おれのような宇宙飛行士が命を削って持ち帰った資源によって、地球上の人々の暮らしはさらに豊かになった。

心拍数を確認。呼吸を整え、ギアを上げる。

だが、宇宙飛行士でいられる期間は短かった。累積《るいせき》の宇宙線被曝量《ひばくりょう》に上限が設けられ、遠距離航行ばかりしていたおれは、まっさきにその規制に引っかかった。わずかな額の年金をあてがわれ、地上でのんびり暮らせと宣告された。おれは、宇宙船に乗ることができなくなった。

たしかに、宇宙で長く過ごしすぎたのかもしれない。地球での暮らしには馴染《なじ》めなかった。仕事も居場所もなかった。

おれは次第に、自分の能力で宇宙に行ってみたい、と思うようになった。宇宙エレベーターができる前のように、持てる力のすべてを注ぎ、頭脳とからだを限界まで駆使して、宇宙に飛び出してみたかった。失われた未来を、取り戻したかった。

ペダルを回す脚に力が入る。

そしていま、おれは、人力で宇宙を目指している。自分の力だけで、ほんとうの宇宙に挑んでいる。

人力で宇宙を目指す、なんて、無謀だ。まともではない。だが、それを言ったら、宇宙船の乗員を仕事に選んだ時点で、まともではない。それに、まともかまともではないかは、問題ではなかった。問題は、人力だけで宇宙に届くのか、という問いに、答えがないことだった。

宇宙は、１００キロメートル上空にある。高度１００キロメートルより上は宇宙ということになっている。宇宙エレベーターのケーブルがあるなら、そこまで攀《よ》じ登っていけば宇宙に届くように思えるが、事はそう単純ではない。

ヒトのからだが出すことのできるパワーには限界があり、高度１００キロメートルに到達するために必要なエネルギーは物理的に決まっている。理屈の上では、パワーがなくても、時間をかければ、いつかは高度１００キロメートルに到達できる。

だが、それではダメなのだ。時間をかけると、その分だけ水や食料が必要になる。そもそも、ヒトは高度10キロメートルより上では呼吸ができない。激しい有酸素運動を継続するなら、もっと低い高度から酸素の補給がいる。さらに高度が上がると、宇宙服も必要になる。

これらの必要な装備を積み上げていくと、重くなる。重くなると、高度１００キロメートルに到達するために必要なエネルギーが増える。パワーには限界があるのだから、エネルギーが増えればさらに時間をかけなければならなくなってしまう。つまり、重くなるほど宇宙は遠くなる、ということだ。

人力で宇宙に到達するには、軽量化が必須《ひっす》だ。不要なものは削り落とし、すべての装備を限界まで軽くしなければならない。だが、軽くしすぎて機材が壊れたり、酸素や水や食料が足りなくなったりしては、元も子もない。

こういった、互いに相反し複雑に絡《から》み合う条件をうまく収め、実現可能な計画にまとめ上げるのは、楽しい時間だった。おれは、頭脳を限界まで使ってギリギリの線を探り、最適な計画を練った。導き出した答えは、クライマーと体重を含めて総重量100キログラム、上りに8日、下りに1日、全行程は9日間という計画だった。

人力クライマーは、市販の汎用品《はんようひん》を組み合わせただけでは、重過ぎて使い物にならなかった。結局、ほとんどの部品がフルオーダーメイドになった。限界ギリギリまで軽量化したため、想定されている方向からの荷重には耐えられるが、それ以外の方向から力がかかるとすぐに壊れるという、超軽量クライマーが出来上がった。だが、これで十分だ。9日間だけ持てばいい。

宇宙服は、ヘルメット内部だけを与圧するスマートスーツがなければ、この計画自体、不可能だった。与圧服では重過ぎるし、動きにくくてペダリングどころではない。からだに合わせたスマートスーツなら、動きを妨げることもない。厄介だったのは、給水や食事、排泄《はいせつ》をどうするかだったが、ひとつひとつクリアしていった。

からだも鍛えた。ヒトの限界に近いパワーを長時間持続できなければ、宇宙には届かない。一方で、無駄な筋肉をつけて重くなるのは避けなければならない。脚や体幹など必要な筋肉は鍛え上げ、不必要な筋肉は付けないよう、慎重にトレーニングをした。高地トレーニングで赤血球を増やし、競技では禁止されている薬物も躊躇《ちゅうちょ》なく使った。

上りは、秒速30センチメートルの上昇スピードで1日12時間漕《こ》ぎ続け、出発から8日目に高度100キロメートルに到達する。夜は漕ぎ続け、昼は休息する。夜間に活動することで、太陽の熱による悪影響を避けることができる。

また、下りまで使う予定のない水や食料、使い終えた酸素カートリッジなどは、休息時にケーブルにデポして、少しでも軽くしながら上っていく。デポした荷物は、下りに回収する。

下りは、上りとは別の難しさがある。重力に任せて下りればいい、というものではない。

一番簡単な帰還は、クライマーをケーブルに残したまま飛び降りるという方法だが、それでは満足できなかった。ケーブルを上って宇宙に行き、ケーブルを下りて地球に戻る、という計画こそ美しい。ただ、念のため、成層圏ダイブ用のパラシュートは用意した。

クライマーで安全に帰還するには、高度100キロメートル分の位置エネルギーを、ゆっくり解放しながら下りなければならない。複雑な装置では重くなる。シンプルで高性能なブレーキを用意した。

だが、ブレーキで熱に変えることのできるエネルギーには限度がある。しかも、降下中は、ブレーキをかけたままにする。限界を超えると、高温になったブレーキは効かなくなり、ついには融解してしまう。とくに、熱を対流で逃せない真空中での操作には、細心の注意が必要だ。

これだけの計画を進めるには、莫大《ばくだい》な資金が必要だった。なけなしの財産を叩《はた》いたが、足りるはずもなかった。資金調達はネットに頼った。幸いなことに、面白がって手を貸してくれる好事家《こうずか》には事欠かなかった。

宇宙エレベーターのケーブルを使うにも、手助けが必要だった。廃線になっているとはいえ、人力で宇宙に行きたいから使わせてくれ、と正面から頼んでも、取り合ってもらえるはずもなかった。ここでも、ネットの力に助けられた。

宇宙エレベーター、か。

皮肉なものだ。あの発表で、おれは未来を失った。だが、いまおれが未来を取り戻すために挑むことができるのは、宇宙エレベーターのケーブルがあってこそだ。宇宙エレベーターを現実のものとしたあいつに恨みはない。それどころか、いまは感謝さえしている。結局、けりを付けなければならないのは、おれ自身に対してなのかもしれない。

秒速30センチメートル。予定していた巡航スピードに達した。

あとは心拍数を上げすぎないよう呼吸を整えながら、コンスタントに漕ぎ続ける。夜が明ける前に、できるだけ高度を上げておきたい。だが、オーバーペースは禁物だ。心拍数を上げ過ぎると酸素消費量が増加する。積み込んだ酸素の量はギリギリだ。時間との戦いだが、急ぎすぎてもいけない。

焦《あせ》ることはない。確実に高度を稼いでいる。このまま計画通りに、宇宙までペダルを回し続ければいい。


湾曲した地球の縁が明るくなってきた。海上ターミナルを出発して、8回目の朝を迎えようとしている。

ペースが上がらない。

いま、上昇スピードは、秒速13センチメートル。

計画を大幅に下回っている。

体幹が軋《きし》む。脚が回らない。

からだの動きが鈍くなることは想定していた。

だから、最終日の上りは９キロメートルに抑えてあった。
高度を確認する。
高度99・０キロメートル。
あと、わずか１０００メートルだ。
だが。
酸素残量を確認。
残り、２時間。
酸素が足りない。
このペースだと、高度１００キロメートルまで２時間10分。
ペースを上げるか。
いや、この脚ではこれが限界だ。
いま以上のペースで２時間漕ぎ続けられるとは思えない。
高度計を正確に設定しておくべきだった。
１００メートル分がもどかしい。
残り９００メートルなら、２時間はかからない。
だが、どちらにしても、降下時間が足りない。

予備の酸素カートリッジは、いま手元にはない。
高度78キロメートルで、ケーブルにすべてデポした。
残り時間と体力を考えると、使わないものを持って上がる余裕はなかった。
追い詰められ、決断を迫られていた。
結局、絶対に不可欠なもの以外は、すべてクライマーから下ろした。
それが裏目に出た。
いや、あの決断は間違ってはいなかった。
あのときあの決断をしていなければ、いまここにはいない。
とにかく、酸素が切れる前に、高度78キロメートルに戻らなければならない。
降下スピードの設定値は、最大毎秒3メートル。
高度100キロメートルから下りるのに、2時間はかかる。
降下速度を上げれば、間に合うか。
それは無理だ。
この高度は、ほぼ真空だ。
ブレーキに無理はさせられない。
デポした高度で止まれずに荷物に突っ込めば、クライマーは砕け散る。

時間が足りない。

悔しいが、宇宙へは、わずかに届きそうにない。

宇宙に届かないと、わかった時点で引き返すのが、正しい対応だろう。

しかし。

いま下りはじめれば、1時間55分でデポした高度に戻れる。

デポした荷物の回収に3分。酸素カートリッジの交換に30秒。

酸素残量は2時間。

まだ、いける。

上りたい、という衝動を抑えることができない。

からだは辛《つら》いが、気の逸《はや》りがペダルを回し続ける。

他に手はないか。

このまま上り続け、高度100キロメートルでクライマーを捨てて飛び降りる、というのはどうだ。

成層圏ダイブをすれば、数分で呼吸可能な高度まで降りることができる。

だが、この選択肢もない。

パラシュートは、予備の酸素と一緒にデポした。

これまでか。
ここは、限りなく宇宙に近い。
無理は禁物だ。
つねに合理的な判断で行動しなければならない。
もう一度、酸素残量を確認する。
ヘルメットの内面に飛び散った汗で、視界が悪い。
これは、要改善だな。
改善か。
次があるなら、改善もできよう。
次こそは……

!!

突然、ヘルメットの中に警報音が響いた。
酸素が切れたか、と青くなる。
残量はいま確認したばかりだが。
腕を上げ、スマートウォッチをヘルメットに近づける。
表示が見にくい。

……酸素ではなかった。
おれは、脚を止めた。
自動的にブレーキが作動し、クライマーをケーブルに留める。
ケーブル切断警報。
高度７５００キロメートルで、ケーブルが切れた。
心拍数が上がる。
落ち着け。
すぐに落ちることはない。
切断警報は電磁的にケーブルをセンシングしている。
信号は光速でケーブルを伝播《でんぱ》する。
７５００キロメートルを往復しても０・１秒もかからない。
ケーブルを引っ張っている応力は音速で伝播する。
ケーブルの音速は秒速１０００メートルほど。
切断の影響がここに到達するのは、２時間後だ。
それまで、ここが落下することはない。
荒い呼吸を整えるように、大きく息をつく。

廃線になったケーブルだ。
何があってもおかしくはない。
だが、まさかこのタイミングで切れるとは。
高度７５００キロメートルか。
デブリが当たったか。
それにしては高度が半端《はんぱ》だ。
流星か。
いずれにせよ、衝撃波がやってきたら、この超軽量クライマーはひとたまりもない。
切れたケーブルは、伸ばしたゴム紐《ひも》を放したときのように襲いかかってくるだろう。
衝撃波が来るまで2時間。
酸素残量も2時間。
どうする。
いますぐ降下を始めれば、パラシュートをデポした高度まで下りる時間はある。
ギリギリだが、間に合うだろう。
パラシュートを回収して、飛び降りるか。
だが、衝撃波が来る前に、回収し、装着することはできるのか。

荷物の回収に3分。パラシュートの取り出しに30秒。装着に5分。

これでは、装着中に酸素が切れる。

荷物の回収に3分。酸素カートリッジ交換に30秒。パラシュートの取り出しに30秒。装着に5分。

間に合うか。

厳しいだろう。

パラシュートを回収したらそのまま飛び降り、落下しながら装着するのはどうだ。

いや、それは不可能に近い。

パラシュートは無重力状態で装着することを想定していないし、試してもいない。

賭《か》けだな。

しかも、分の悪い賭けだ。

賭け、か。

おれは、何を賭けようとしている。

勝って得るものは何だ。

負けて失うのは。

地球の縁から太陽が昇る。

仰ぎ見ると、輝くケーブルがまっすぐ宇宙へと伸びている。
ここは、限りなく宇宙に近い。
つねに「合理的」な判断で行動しなければならない……
おれはブレーキを解除し、ふたたび宇宙に向けてペダルを踏み込んだ。

宇宙は高度100キロメートルより上、というのは、約束事でしかない。
地球と宇宙は、緩やかにつながっている。境界などない。わかりきったことだ。
だが、それを確かめに、自力でここまで来た者はいなかった。
おれはサドルに跨ったまま、足元に広がる青い地球を眺めていた。
ヘルメットの汚れが残念だ。要改善事項として、記録しておこう。
視線を上げると、満天の瞬かない星々。
美しい。
そして、静かだ。
宇宙には、音がない。
これも、わかりきったことだ。だが、実感がなかった。宇宙船は騒がしい。
気がついてよかった。

いつまでも、この静謐《せいひつ》な気分に浸っていたい。
だが。
腕を上げて、スマートウォッチを確かめる。
時間だ。
酸素は間もなく尽きる。
衝撃波もやって来るだろう。
サドルから降り、フレームの上に立つ。
からだが重い。
ログはスマートウォッチに記録されている。
中のチップは生き残るだろうか。
両膝《りょうひざ》を深く曲げ、渾身《こんしん》の力を込めてフレームを蹴《け》る。
からだが重さを失う。
決着は付いた。
おれは、ほんとうの宇宙にいた。

※作中で、星新一「空への門」（『ようこそ地球さん』新潮文庫所収）から一部を引用しました。

第４回

OV元年

之人冗悟

之人冗悟（のと・じゃうご）

1961年東京生まれ（今なお在住）⇒1984年早稲田大学第一文学部英文科卒⇒1986年英語教師生活&理想の教材作りのマラソン道中開始⇒（途中、古文&和歌修得WEB教材『扶桑語り』（2008年）やら『OV元年』（2017年）やらで道草⇒）2025年膨大な英単語（31415）&英熟語（5500）を三択クイズで暗記させる『QFEV: Quick Fix English Vocabulary（速修英単語）』&『MNECOLID: MNEmonic English COLlocation & IDiom（銘憶英熟語）』ようやく完成……余生の予定は未定（詳しくはWEBへ⇒https://zubaraie.com/）

オムニバイザー（初期は omni-visor 後に omniviser）の使用者の声（但《ただ》し、音声ではなく手書きで寄せられた手紙）のうち、この装置の機能拡充と社会への普及過程を伝える上で好適なものを選んで、時系列順に紹介する。『使用者の声』の後の〈補注〉は、この報告書の作成者が独自に書き添えたものである。

ＯＶ—000—000000001

『めでみるせかいわすばらしい　みみでしかしらなかつたこのせかいがいろいろないろとかたちとながれるもじでできていることとおしつてびつくりしました　でもわたしわこれまでめがみえなかつたのでもじわわかりません　みみできくだけがわたしのことばです　もじのながれるぶんしよおおめでみるのわこのおもにばいざあがうまれてはじめてです　もじわわたしにわふしぎです　このよにこんなものがあるとわわたしわそおぞおしてなかつた　でもこおしてもじがみえるよおになつたのだからわたしわもじおおぼえてぶんしよおおよくよんでめのみえるみなさんみたいにあたまよくなり

たい　これもじでかくのもおいちにちじゆうかかりますけれどこのじかんわこれまでのわたしのじんせえでいちばんすごくじうじつしたじかんです　このおもにばいざあおわたしにつけさせてくれてありがとおございます』

〈補注1　最初期のオムニバイザーは、視聴覚障害を持つ人々のための（怪《あや》しげな外科《げか》手術を伴う）身体機能補助装置とみなされていた〉

〈補注2　冒頭の認識番号の最初の3桁《けた》は機械装置の型番（000は実験機の位置付け）、後の11桁は装置使用者の個人識別番号（この人物は人類初の使用者＝1）、その桁数は当時の人類人口の1桁上の百億台までの装置普及を想定している〉

OV—001—00000000374

『あの不幸な爆発事故に巻き込まれて聴覚を失うまで音楽家志望だった私にとって、音のない世界は死の世界そのものでした。みんなごく自然に語り合っている、流れる音楽にうっとり聴き入っている、そんな当たり前の光景を目にしながら、耳でそれを聴くことができない拷問《ごうもん》のような人生に絶望して、真剣に自殺を考えたこともある私を、このオムニバイザーは救ってくれました。本当に感謝の言葉もありません。鼓膜《こまく》が破れた耳の代わりに、この装置は、この世の美しい音だけを拾い上げて私の脳に直接伝えてくれます。あらゆる音を拾ってしまう人間の鼓膜と違い、有害で不愉快な特定周波数の雑音や極度の騒音は自動的に遮断してくれます。聞きたくもない嫌な相手の声さえも、私が指定すればきちんと消音してくれます。もっとも、そんな不快な声でさえ、この素晴らしい装置は（私が指定すれば）忠実に拾い上げて眼前の仮想ディスプレイ上を流れる「字幕」として「同時通訳」してくれるのだから、ただもう驚くばかりです！　そうした無意味な人の声に神経を煩《わずら》わす必要がないことは、私にとって予想外の福音《ふくいん》でした。聞いても意味のない音がこの世にこんなにも多かったなんて、失った聴力をこうしてオムニバイザーで補ってもらう体験がなければ、死ぬまで気付かなかったことでしょう。この意味で、もしかしたら、耳が不自由でない人々もまたこの装置を付けた生活を体験してみるべきかもしれません。そうすれば、有害無益な騒音でこの世界の音声的純潔を汚《けが》す罪深さを自覚しておとなしくなる人々が増え、この世はかなり過ごしやすくなるでしょうから。もっとも、そんな困った人々の発する不純な雑音も、今の私にとっては（遮音《しゃおん》指定しさえすれば）実質的に存在しないも同然なので全然お構いなしですし、値段的にもこの装置、現状では一般人がそう易々《やすやす》と装着できるものではないみたいですが……家が一軒買えるほどの値段との噂《うわさ》ですが、実際のところどうなんでしょう？　あの爆発事故への賠償措置《そち》の一環としてこの素晴らしい装置の無償提供を受けている私にはよくわかりませんが、いずれ量産効果で一般人にも手が届く価格になれば、健常者もきっと全員装着する時代が来るだろうと私は確信します。ずっしり重い充電池の束《たば》を背負ってもこの装置の恩恵は半日しか受けられない点には改善の余地がありそうですが、これはいずれ技術の進歩が解決してくれることでしょう。もっとも、脳神経に直接働きかける頭部インプラントの外科手術が必要な点に、二の足を踏む人は多いかもしれませんね。思わぬ副作用がないことを、私達のような身体障害を抱えた利用者がモルモット代わりになって世に示して後に健常者が恐る恐る続くのでしょうから、彼らへの福音伝道者としても、私は、この装置を通して新たに手に入れた素晴らしき新世界を、大勢の人々の眼前で堂々と謳歌《おうか》してみせるつもりです。すっかり諦《あきら》めていた音楽家への夢も、また追ってみるつもりです！　あぁ、興奮して随分沢山《ずいぶんたくさん》書いてしまいましたが、本当に今のところ何一つ悪い点が見当たらないこの福音装置について思うことや改善希望点など、今後も定期的にこの手書き報告書で御指定の住所に郵送し続けようと思います（最低半年に一度、それも手書きで、というのがこの装置の提供を受ける上での条件の一つでしたからね）……手書きの文章書くの、随分久々です。昔は書いていた知り合いへの季節ごとの挨《あい》拶状《さつじょう》も電子メールにしてしまってからだいぶ経《た》つのに、心底《しんそこ》からの感謝の念があれば、紙の上の筆もこんな自然にすらすら流れるものなんですね！　装置には直接関係ないことですが、そんなことまで自然に感じさせてくれるほどに私の人生に大きな影響（それもプラスの作用ばかり！）を与えてくれるこのオムニバイザー、その開発と提供を行なってくださる素晴らしい皆様に心よりの感謝の気持ちを表《ひょう》しつつ、私の最初の使用報告書はこのへんで結びにしたいと思います。』

〈補注3　重さ（10kg超）と稼働《かどう》時間の短さ（約8時間）と高価格（会社員の平均年収10年分）に加えて、頭部インプラント手術への懸念《けねん》から、バージョン003までのオムニバイザー使用者は「特別な公的補助を受けた身体障害者」に限定されていた。充電池専用から各種電力併用に変わり稼働時間が大幅に延びたバージョン004以降、この装置の小型高性能化、そして社会への普及は、加速度的に進んでゆく〉

ＯＶ—004—000000089387

『身障者の社会進出に革命をもたらしたと言われるこの装置に、健常者の私が（脳手術の不安や巨額費用の障害を乗り越えて）手を出した理由は他でもない。目や耳が不自由な人々がこの身体機能拡充装置によって得ている視聴覚情報の圧倒的優位性を常々《つねづね》見せ付けられて、もはや生身《なまみ》の努力では私の職務（弁護士業務）遂行上《すいこうじょう》、オムニバイザー装着身障者に太刀打《たちう》ちできないことを悟らされたからである。そして実際この装置を装着してみて私は、自分が手にした新世界の想像以上の素晴らしさに驚嘆し、自らの決断の正しさを確信すると共に、装置装着以前の私の認識の甘さを痛感した。近視と乱視に老眼まで加わって相当しんどかった私の視覚世界も、オムニバイザーの仮想スクリーンのおかげで一気にすっきりした。私の視野内に映写される（ある種仮想的ながら紛《まぎ》れもない現実の）世界は、遠くまで明瞭《めいりょう》（３km先の人の表情までズーム可能）なばかりでなく、左・右・後方に加えて頭上まであらゆる景色が見渡せる上に、映し出された人や物の関連情報まで（音声コマンド一つで瞬時にして）引き出せるのだ。とっさの物忘れで窮地に陥る不安は、これで完全になくなった。もっとも、私が長年《ながねん》かけて蓄積した酒や映画に関するウンチクを人前で披露する愉悦も完全になくなってしまったが（こんな完璧な情報アドバイザーの存在を知ってしまった以上、多分にうろ覚えで私的バイアスがかかった私個人の脳内記憶を、人前で露呈して恥をかくのはまっぴら御免《ごめん》だ！）正直、その種の恥さらしな生身人間の独善的欠陥情報開示に接するたびに、今の私は、人類の進化の境界線の向こう側に留《とど》まっている「劣格者」への軽蔑《けいべつ》と憐憫《れんびん》を禁じ得ない。彼らはいまだに「オムニバイザー装着は身体障害者の証《あか》し」と信じ、それを身に着けた（ことによって超人的能力をも身に付けた！）この私に「健常者の立場からの憐《あわ》れみの視線」を向けさえするのだから、私としては失笑を禁じ得ない。もっとも、私のそうした失笑を、彼らが感じることはないはずだ。何《な》故《ぜ》なら、彼らが無意味な与太話《よたばなし》を始めれば、私は即座にオムニバイザーにその無意味音声の遮断を（「消せ！」の号令一つで）指示すると同時に、その種の連中への適当な音声応答の自動処理をもこの装置に命じるからだ。与太話への無難《ぶなん》な「機械的相槌《あいづち》」を打つこと（それも、紛れもないこの私自身の「生の声」で演じること）ぐらい、この優秀な装置にとっては造作《ぞうさ》もないことだ。あまりにつまらぬ馬鹿話《ばかばなし》に付き合わされれば、生身の私なら思わず不快になって、相手の機嫌《きげん》を損ねる失言の一つもしでかしかねないが、この装置に任せておけばその心配は不要。無意味な話の端々《はしばし》にもし仮に何らかの意味ある情報が混入していた場合、その要点だけをこの装置は（仮想スクリーン上に表示される文字情報あるいは耳元に流れる音声情報の形で）私に報告してくれるから、それ以外はひたすら（眼前の無意味な人々の営みは堂々と無視して）私的世界の仮想スクリーン上で自分なりの仕事に集中できる。実際、私はそうして外の世界で出くわす幾多《いくた》の人々相手に空費される無意味な社会的応対の時間を、実に有意義な私的情報処理へと転用することで、これまでとは比べものにならない高密度の人生を生きている自負がある。世間の「健常者」の無駄話には本当に何の意味もないが、その無意味な話の端々でふと話題に上った事柄に関する付随情報を仮想スクリーン上で私的に掘り下げる作業の触発材料としては、連中との無意味な関わり合いにもそれなりの意味があると言えるのかもしれない。そうして驚異的な深度まで掘り下げた付随情報の一端を「健常者」の前でさりげなく提示してみせた時の、彼らの驚く顔を見るのもまた愉快だ……が、あまり露骨にやり過ぎるのはよくないだろう。ついこないだまで私もその「驚かされる健常者側」にいたのだし、今の私が自在に操る知識だって、私個人の脳内発酵の産物ではなく、この装置を通して蓄積された幾多の人々のコミュニケーションの集合知の受け売りなのだから、自分自身の手柄《てがら》のようにひけらかしたら罰《ばち》が当たるというものだ。もっとも、この装置を装着している限りは、そんな罰当たりを演じようとしてもそれは無理、何故なら、この装置に向けて語られた私の肉声は、そのままの形で外界に漏《も》れ聞こえることはなく、状況相応の内容に「適切に翻訳」された上で人々の耳に届くのだから。いずれこの翻訳機能が、世界中のあらゆる言語圏の人々との間での同時通訳機能にまで発展すれば、争《あらそ》い事《ごと》も減り、言葉の壁を越えた人類の平和的共存が実現することになるかもしれない。もっとも、そうして全人類がオムニバイザーを通して「超人化」してしまったら、今の私が満喫《まんきつ》しているこの密《ひそ》かな優越感も職務遂行上の圧倒的優位性も、完全に消え去ってしまうことになるだろうし、第一、争い事がなくなれば、私に巨万の富をもたらしてくれるこの「弁護士」という仕事そのものまで消滅してしまうことになるだろうが……』

〈補注4「他者への卓越を約束する万能アドバイザー」としてのオムニバイザーを、自らの意志と費用負担で装着した最初期の人類の典型的な（高慢なまでの自意識と誇りに満ちた）感想文。文中で願望として語られている「万能翻訳装置」としての機能はバージョン009で初搭載されることになる〉

〈補注5　最後に冗談めかして語られている「争い事や弁護士業務自体の消滅」も、後々《のちのち》現実のものとなる。大事な約束事《やくそくごと》や重大な事件の現場に立ち会う際に、オムニバイザーを通して処理された映像・音声情報を「情報保管センター」に残しておくことで、後日《ごじつ》「そんなことは言ってない／やってない」の堂々巡《どうどうめぐ》りで裁判沙汰《ざた》になるような旧人類の定番悲喜劇は発生しなくなり、警察も弁護士も裁判所も、仕事の材料が激減したからである。人類がその歴史の中で営々と増やし続けた厄介事《やっかいごと》とその処理のために存在した営み・道具・職業の数々は、オムニバイザーのバージョンアップに伴って、段階的に消滅してゆくことになる〉

ＯＶ―００６―００００３１３１６８７

『バイザーを買えない貧乏人はこれを「偽善装置」呼ばわりするが、失う財産も名声も何もない連中と違って、社会の上層部に身を置く我々にとって、些《さ》細《さい》な失言や問題行動を口実に下層民の不満のはけ口で血祭りに上げられる不安を除いてくれ、建設的思考・行動のみに専念させてくれるこの装置は、まさに福音。』

〈補注６　初期のオムニバイザー使用者層である超富裕者の典型的感想文〉

ＯＶ―００７―０００９６４７１４５０

『バイザーが招く情報格差を問題視する連中に逆に言いたい。バイザー以外の媒体が流す情報は情報提供者側の思惑《おもわく》に染まったお仕着せ商品／バイザーで得る情報は我々使用者の自発的探求行動によって自然集積された集合知、どちらが民主的か、どちらが独裁的か、どちらに価値があるか、どっちの情報が「問題」か、バイザー使えば一発でわかる／未使用者にはわからない。「バイザー格差」を騒ぐのは「情報提供者としての立場独占」を望むテレビや新聞や政府関係者。問題だと思うなら解決法はただ一つ、「誰もがバイザー使えるようにすること」だけ。』

〈補注７　この感想文とは裏腹に、各国政府やメディアの中枢《ちゅうすう》に身を置く人々は既にこの時期には「オムニバイザー使用者&信奉者」であり、彼らの主《しゅ》たる関心は「バイザー普及による社会全体の抜本的改善」であった〉

ＯＶ―008―00484970811
『「脳神経に直結するバイザーが使用者の思考・感情を人為的に操作している」との陰謀説があるが、私はむしろ、過激な攻撃性や暴飲暴食や性衝動といった人間の問題行動を抑制するための神経操作の機能をバイザーに期待したい。』
〈補注8　オムニバイザーによる各種神経操作が実装されるのはバージョン010から。これにより人類の摂食行動は最適化され、各使用者の体質に応じた「栄養剤」が人類の「主食」となり、食糧問題は解決し、アレルギー反応も疾病《しっぺい》も激減し、たとえ治癒《ちゆ》不能な罹患者《りかんしゃ》でも（バイザーによる神経操作で）「苦痛」からは解放された。それに伴い、飲食・保険・医療業界の経済学的生命も、終わった〉

ＯＶ―009―007200365307
『バイザで人生変わった！　キレイな服も美しい顔も思いのまま。バイザなしの頃の私、まるでゴミみたい。大変な借金して買ってよかった。バイザ、バンザイ！』

〈補注9　バージョン007以降のオムニバイザー使用者は、他者のバイザー視野に映る自身の姿を自在に操作できたので「生身の姿」には無頓着《むとんちゃく》となり、上流階層御用達《ごようたし》産業だった服飾業界の壊滅を招くとともに、バイザー非使用の中間層以下の服装も惨憺《さんたん》たる姿となっていたので、バイザー使用者となって以降の彼らはその「仮想変身技術」に夢中となった〉

OV―010―009049009007

『また無職になった。私悪くない。やってた仕事なくなった。通訳ガイド。外人旅行客に穴場スポット紹介して大金もらう仕事。もうダメ。あのクソバイザのクソ翻訳機能が立派になったせい。これで二度目。外国語教えて大金もらう家庭教師の仕事もクソバイザがダメにした。ほんと腹立つ機械。使ってる連中もムカつく。自分では知らない言葉、自分では知らない知識、クソバイザにしゃべらせてるだけ。顔もいつも笑ってるけどそれウソ顔。インチキ画像映してるだけ。ほんとの顔なんて誰も見せない。そのこと今回はっきりわかった。なぜと言えば私もこのクソバイザ手に入れたから。自分の好きな顔指定してプロジェクタで映写すればいい。みんなそうしてるから町は美男・美女ばかり。こいつのせいで世の中ウソだらけ。でもこいつのせいで仕事なくなると政府の援助でクソバイザ安く手に入る。ローン組んで払うための仕事も政府が世話する。ほとんどみんな仕事つぶれて不要になった建物こわす仕事ばかり。大金もらえない。つまんないからみんな手抜きする。私も手抜きする。仕事中ほとんどバイザの中で遊んでる。時間かかるほど金長くもらえる。ザマみろ。それとこのバイザ手に入れたからは私もすごく美人顔にしてる。目は大きくまぶたは二重《ふたえ》で顔も細くする。体も細くできればもっといいのにそれできない。やっぱりこれムカつくクソ機械。だけど仕事中に映画見れて面白い。見た映画ほめる言葉マジメに考えて人にすすめてみんなにほめられればポイントもらえる。大金もらえないけどポイントためれば好きなもの手に入る。ポイントなくても栄養剤は政府がくれる。大金なくてもいい世の中、悪くないかもしれない。だけどいくら美人になっても誰も私の顔ほめてくれないからムカつく。だけどバイザつけてる人間みんなインチキ美人顔してるからほめる意味ないの当然。私の本当の顔不美人だけど誰も文句言わない。バイザなしの本物美人もウソ美人と思われて誰にもほめられない。ザマみろ。やっぱこれいい世の中。これからこのバイザでもっといいことといっぱいしたい。』

〈補注10　先進国の上流階層のオムニバイザー装着率が実質１００％になり、下層民への普及向上策を各国政府が積極推進し始めた頃の「中間層」の典型的感想文。〉

語学教師や通訳業務従事経験ありの「中間層の知識人」の書いたこの手書き文章の低劣さに、「自動翻訳機能」と「対外映像プロジェクター」の隠れ蓑《みの》の下で人類の知的・道徳的退廃が急激に進んだ当時の世相が見て取れる。この当時の（バイザー非使用者の目にも映る）「プロジェクター映像」は顔面のみ、「全身投影技術」はバージョン011で実装されるが、バイザー使用者同士の間では既に「どんなものにも化けられる」全身仮想変身術が大人気であった〉

OV—011—0198191984

『男にすてられた。バイザはずしてはだかでセクスしたとき「ブス！　デブ！」とおこって男はへやでてった。あたまきた。自分もアバタよりブスハゲのくせに。あしたからあたし人間やめてネコばけしよう。』

〈補注11　自分の見たいもの&見せたいものだけしか見ない&見せないオムニバイザー生活が必然的にもたらす「生身の姿とバイザー投影画像（アバター）のズレが生む対人的幻滅」の典型的報告例。この時期以降、「人間の美男・美女」ならぬ「犬・猫・妖精《ようせい》等々の非人間型アバター」を好む人々の比率が急上昇し、反比例するように、人類の結婚率・出生率は急落する。バイザー経由の仮想現実への没入が、生身の姿での人との関わりを忌避《きひ》させる以上、これは必然の帰結であった。これを問題視する声も当然あったが、恐らくその唯一《ゆいいつ》の抜本的解決策である「バイザーなしの生身生活への回帰」が論外であることは（バイザー非使用者以外）誰もが知っていた〉

ＯＶ─012─0307970581 3

『ノーバイザコンサートじけん。ワロた。バイザなしでいきよとさけんでうるさいおんがくとダンスでさけびおどりくるってバカバカけなしあってボカボカなぐりあっておおぜいしんだ。バイザはずしていきれるはずないことよくわかった。バイザばんざい。これあればなんでもできる。これないとなんもできない。バイザはじんせいそのもの。』

〈補注12　先進国の上層部から始まったオムニバイザーの全世界浸透現象の加速期に於《お》ける「旧人類最後の抵抗」として記憶される「ノーバイザーライブコンサート暴動事件」に言及した感想文。対外的には綺麗《きれい》に飾られたバイザーの隠れ蓑の下で無制限に膨張し続けた低知性人類のエゴが、虚飾をはがれた生身の状態でぶつかり合った結果、野放図《のほうず》な暴力的衝突で多数の死傷者を出したこの事件を契機に、「ノーバイザー・ノーヒューマン（バイザー付けなきゃ人じゃない）」・「バイザー・イズ・ライフ（バイザーこそ人生）」が全人類の合言葉となり、その普及率は急速に１００％へと向かうことになる〉

ＯＶ—０１３—０６３８７０８０８０８

『バイザにのぞむこと。ほおこくめんどくさい。てがききらい。バイザがめんかつこいい。てがきかつこわるい。かみにかく。ポストいれる。はんとしいちど。ぜんぶばか！　おわれ！　このぎむきらい。おわれ！　えいがみてポイントかせぐ。ポイントすこしやるからおわれ！　バイザだいすき。ほおこくだいきらい。おわれ！　おわれ！　おわれ！　おわれ！……』

〈補注13　末尾の「おわれ！」は総計33回繰り返されている。命令を発する自分の声の調子の強さに反応するオムニバイザー処理からの類推で、紙の上で繰り返す「終了命令の数の多さ」で（機械装置実質無償提供の交換条件としての）「半年に一度の面倒な手書きによる使用報告書提出義務を終わりにできる」と感じている使用者の幼稚な心理が読み取れる。仮想スクリーン上に表示される選択肢《せんたくし》に向かって受動的&感情的意思表示をするだけで全てが事足《ことた》りるオムニバイザー経由での「人類

のコミュニケーション能力」が、既に「動物的感情のやり取り」水準まで低落したことを示す証拠品〉

ＯＶ―０１４―０７２８７９１０８１３

『バイザつけてみちばたでねれる。とてもいいこと。うちまでかえつてよこになるひつようない。うちなんていらない。えいようざいつきみちばたねどこふやせばいい。バイザばんざい！』

〈補注14　オムニバイザーの充電用に設営された道端《みちばた》の施設が、簡易カプセルベッドとして利用されるようになった当時のもの。誰もがバイザー越しに世界を見るようになった結果、他人のバイザーに映写される自分の姿のイメージ画像さえ整えておけば「生身の当人の姿」など一切気にする必要がなくなったため、この時代の人類の「身だしなみ」や「身の回り」は「バイザーの中の世界」限定、綺麗な住居も衣類も不要、必要なのは野外のねぐらと栄養剤だけ、という原始の猿の生存状況に逆戻りした人類の姿を示す資料〉

ＯＶ―０１５―０９３１７５０６９９２

『なまのあいてとセクスした。うまくいかなかつた。あせくさくきもちわるい。しないほうがよかつた。バイザセクスさいこう。なまセクスきらい。なまセクスもとめるばかおんなさいてい。きえろ！　きえろ！　きえろ！　（……総計69回繰り返し）』

〈補注15　オムニバイザーの体表感覚処理能力が「性行為の擬似的快楽」まで拡張された結果、人類に残された実質上唯一の生身の対人行為だった「子作り」が下火《したび》になってゆく決定的な時期の証拠資料。人類はついに、かつて積み重ねたあらゆる社会的遺産に加えて、その生物学的存在自体の消滅段階に入った〉

OV—016—0979552508 4
『オージヴィム！　アバタ！　バイザバンザイ！　ウオオオオ！』
OV—016—0979552908 7
『ウンフヴァンプ！　アバタ！　バイザバンザイ！　ウフーーン！』
〈補注16　仮想スクリーン越しに見る他人の異形《いぎょう》（アバター）に慣れきったこの段階の人類（というより、もはや単なる二足歩行猿）の雄《オス》にとっては「真っ黒い狂乱の狼男《おおかみおとこ》オージヴィム（orgy vim）」が、雌《メス》にとっては「真っ白い吸血妖女《ようじょ》ウンフヴァンプ（oomph vamp）」が、「異質で不気味な怪物」ならぬ「滅多にお目にかかれないこの世で最も素晴らしい（と、バイザーが彼らに長年かけて教え込んだ）聖なるアバター」……少人数で異形の我らヴィロロ星人（virologians）が、絶滅確定の人類に成り代わり、この星の住人として――生身で――地上に下り立った時、恐怖と排撃の的ではなく、羨望《せんぼう》と崇拝の対象として彼らに振り仰がれる土壌が、完璧に整った〉

……さぁ、円盤内のヴィムやヴァンプ全員を（時間の流れから切り離されて齢《とし》を取らないステイシス・フィールドの）眠りから起こして、この星への本格入植を開始すべき時が来た。旧人類の総人口は既に千万単位まで減っているし、連中が各地に作り散らした邪魔な構造物もほぼ全て連中自身の手で取り壊させた。平和裏《へいわり》&安上がりに実現したこの星の支配者交代劇、記念すべき我らが「ＯＶ元年」の到来だ。オムニバイザー初投入からほぼ１００年、意外に早くて呆気《あっけ》なかったな。実験機投入段階の文化水準の高さからみて、もっと激しい旧人類の抵抗、想定していたのだけれど……

第５回

Final Anchors

八島游舷

八島游舷（やしま・ゆうげん）
山口県出身。UWC英国校で国際バカロレア・ディプロマを取得し、筑波大学比較文化学類卒業後、シカゴ大学にて人文学修士。「天駆せよ法勝寺」で第9回創元SF短編賞受賞。第5回日経「星新一賞」では本作「Final Anchors」でグランプリ、「蓮食い人」で優秀賞を同時受賞。企業・組織向けにSFプロトタイピングを実施する。
https://yashimayugen.com

衝突予測図

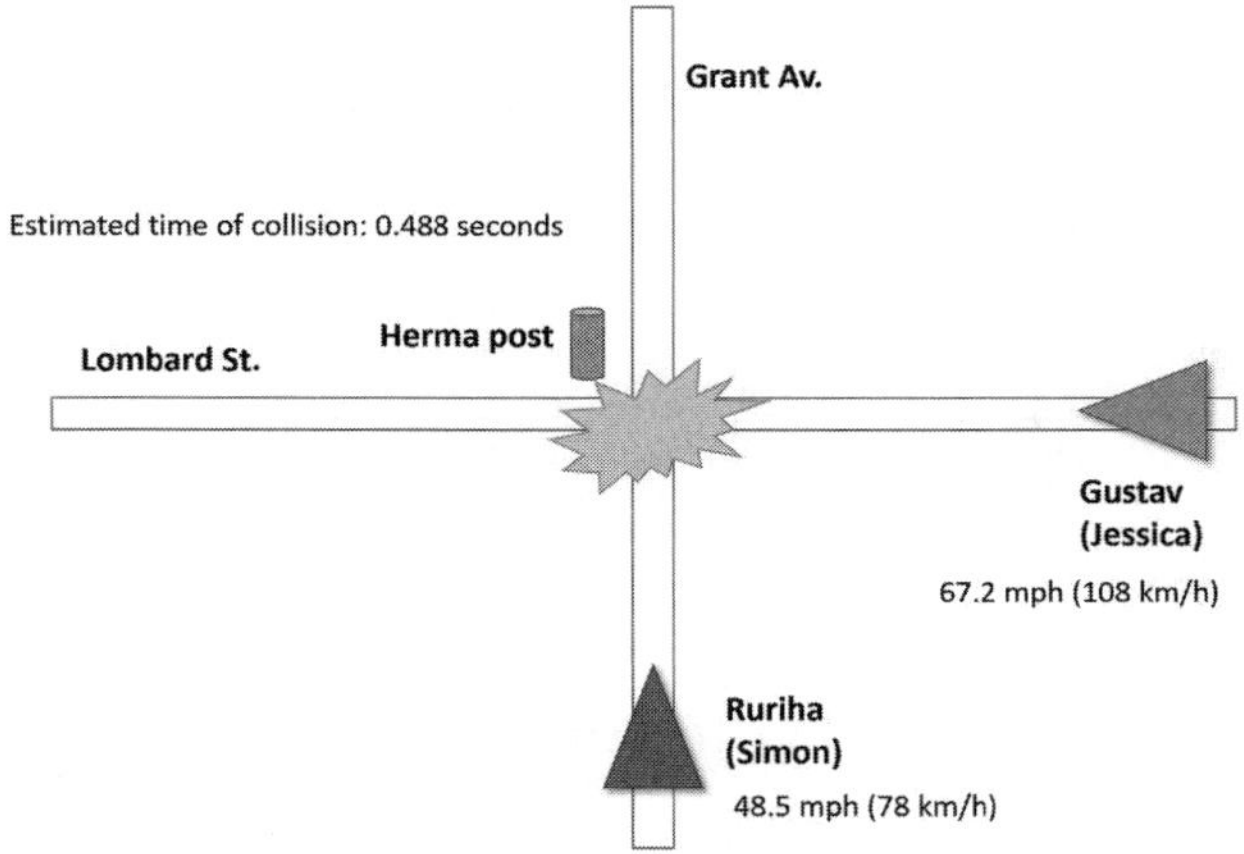
Grant Av.
Estimated time of collision: 0.488 seconds
Herma post
Lombard St.
Gustav
(Jessica)
67.2 mph (108 km/h)
Ruriha
(Simon)
48.5 mph (78 km/h)

マーキュリー・ネットワークによる交通事故状況調停
——衝突予想時間まで〇・四八八秒

最悪の状況でできる最良の選択とはなんだろう。

前方のはるか遠くの坂の先、左右にある建物の額縁に小さくきれいに切り取られた青く輝く海。目玉焼き《サニーサイド・アップ》の端のようにエンジェル島のなだらかなふくらみもわずかに覗《のぞ》いている。

晴れた午後の土曜日のサンフランシスコ。淡色と白を基調とする美しい町並みには、海からの風が爽《さわ》やかに吹きぬけていた。

そしてルリハにとって、目前の状況は最悪だった。

グラント大通りをピア39方面に向かう下り坂にある交差点。近接するビルのために視界は最悪。目の前を横切るロンバード通りの右方から高速で車両が接近しつつある。前方にあるハーマ・ポストが二秒前にそう警告してきた。

一時停止をする意図がある速度ではない。だがそれはこちらも同じ。

相手に呼びかけても応答がない。

ダウナーは緊急事態であることを認め、しぶしぶルリハに従う。ルリハは車両制御を完全に取り戻した。

しかし、もう遅い。このままでは、衝突は避けられない。

サイモンを救うことはできない。私も死ぬ。

いや、死がまだ確定したわけではない。

相手車両からの応答信号。

近接高速通信経由で車両間《V2V》プロトコル接続が確立された。二秒前から十八回の接続試行をしており、十九回目での応答だった。

リゾーム型車両間交通ネットワーク《マーキュリー》の形成を確認する。

希望が見えた。

衝突まで、まだ〇・四八一五秒もある。

「私はルリハ。カリフォルニア州法・緊急事故対応条例第十七条に基づき、搭乗者に代わり状況調停《ネゴシエーション》を行います。当方の運転者は、サイモン・ガルブレイス。なぜ応答が遅れたの？」

「申し訳ない。私はグスタフ。運転者はジェシカ・スプリングスティーン。ドイツからの輸入車でこちらのシステムに慣れていない」

この時点で、物理的にできることは限られる。方向転換もできず、減速しても加速しても衝突の可能性が九十九・九九％を越えた。最終手段を使わない限り。

人間の反応時間ではもはや間に合わず、相手の車両以外と通信する時間もない。人間にとっては約〇・五秒だが、ＡＩの反応速度では、その一万八百倍、九十分相当である。

ＡＩたちによる「最後の審判」が始まった。

ＡＩ間の近接高速通信では、一文の往復は五ミリ秒、つまり〇・〇〇五秒で完了する。

車載ＡＩ間の通常の情報通信では、非効率な言語を経由する理由はなく、マシン・トーク《バイナリー・データ》でやり取りがされる。だが調停では、人間の司法が解釈できるよう過程を文書化する必要がある。そのため、ＡＩは自然言語エミュレーション・モードで思考、対話、記録することが義務付けられている。

接続確立から〇・〇〇二秒で、映像情報として仮想法廷が生成、双方で共有され、記録が開始された。

ルリハの映像野に新しいウィンドウが開き、メイン視野を置き換える。映像は、すべて記録用だ。後日、人間の陪審員が最終判決を確認するための資料となる。

法的責任面で状況と運転者たちを評価・審理する必要があるＡＩ車は、それ自体がカメラ、マイク、圧力・嗅覚《きゅうかく》など合計二十万の各種センサーを持つドライブ・レコーダーであり、ほぼ完全な証拠能力を持つ。

ＡＩ調停は、交通裁判での陪審員判決と同等とされる。だが、それはＡＩが両方とも残存したときのみ、という条件が付いている。

部屋の中央に二つの長机。ルリハは、裁判長席に面して右側の机の背後にサイモンのアバターと共に座っている。二十代後半、タイトな紺のスーツをまとった有能な秘書といった外見。セミロングの黒髪をシンプルにまとめている。父親が日本人、母親はアメリカ人という設定である。ルリハの車体《ボディー》の設計は日本でされたが製造はデンバーだったからか、ＡＩのカスタマイズをした日本人エンジニアがそう設定した。ルリハ自身、この「設定」を気に入っていた。

サイモンは、四十代半ば。ジーンズに半袖《はんそで》のシャツ。整えられた口ひげとあごひげ、知的な眼差《まなざ》しに自信と意志を湛《たた》えるが、自意識の強さも感じさせる。いつもならルリハに対してもよくジョークを飛ばす。だが、今はその表情は虚《うつ》ろである。

相対する机のほうには、三十代半ばの疲れた顔をした女と、対照的に健康器具のCMに出てきそうなほど健康そうな若い男が座っている。スーツ姿だががっしりとした体つきで、腕組みしている。髪は短く刈り込み、眼鏡を掛けている。これがグスタフだろう。

「全員揃《そろ》いましたね。それでは調停の開始を宣言します」ルリハが言った。

仮想法廷内の人間は、車内カメラなどの映像から生成されたアバターに過ぎない。人間自身は、人間時間の約三千六百倍以上で進行するこの調停に参加できず、調停中も終始沈黙している。体裁上は参加しているとはいえ欠席裁判には違いない。

車両間プロトコルは、半径百ヤード（約九十一メートル）にある車両すべてと交通管制ハーマ・ポストに連鎖的にローカルに接続され、それが一つの近接マーキュリー・ネットワークとなる。ハーマ・ポストは消火栓に似た形状の、固定形の街頭AI端末で、交通管制と防犯機能を持つ。

近接マーキュリー・ネットワークは、ほぼ常時通信を維持しており、相互の車両の速度や位置関係の情報交換をする。近接マーキュリー・ネットワークどうしは、上位の広域マーキュリー・ネットワークを形成し、最適な交通配分を行う。

だがマーキュリー・システムがいくら効果的でも、サイモンの日頃の運転を考えれば、このような事故がいつかは起きると思っていた。

厳しい取り締まりと罰則にもかかわらず、「自分で運転する喜び」を求める人は多い。

サイモンもその一人だ。

非ＡＩ車の乗り入れが規制された市街では、ＡＩ制御をオーバーライドして車を手動運転できる違法プログラム、鎮静剤《ダウナー》を使用する者が少なからずいる。

むろんルリハはダウナー使用者の行動は非合理で無責任と考える。だが、同時に、ルリハ自身も「ハンドルを握る喜び」をよく知っている。ＡＩがドライブする喜びを知らずに、快適で満足感のあるドライブ体験を提供できるはずがない。

このようなＡＩの感情は、機械的なプログラミングでは生成できない。人間存在の総体をエミュレートした結果、生じるものであった。

ルリハはサイモンを助けたい。サイモンだけでなく、人間をだれも傷つけたくない。だが、状況によってはだれかを救うためにだれかを殺す選択が必要になる。

今がその時だった。

「グスタフ。カリフォルニア州でのＡＩ調停についてはどこまで知っているの？」

「ＥＵルールと基本は共通のはずだが、誤解のないよう念のため確認したい」

「了解。基本だけど路面電車問題から始めましょう」

３Ｄシミュレーション映像を表示する。これも事後に人間陪審員に見せるのが目的だ。

倫理学で古典的な路面電車問題（トロッコ問題）とは、人間が何もせず五人見殺しにするか、レバーを引いて一人を殺し、五人の命を救うかの選択である。最大多数の最大幸福という観点から、一人を意図的に殺すことを選ぶ人が多いとされている。

「現在の状況はこの路面電車問題の派生形のひとつだけど、残された選択肢が少ないことに変わりない。すなわち、どちらの車両が強制停止アンカーを打ち込み自己破壊するか」

全ＡＩ車のタイヤ後部に装備が義務付けられた直径四センチの四本の杭《くい》は、〇・〇四秒で伸張しアスファルトに突き刺さり、車両を即座に停止させる。空走距離も制動距離もない。しかし、その結果、エアバッグのエネルギー吸収量を上回り、搭乗者は即死する。また車載ＡＩも破壊される。

このような強制停止は、正面衝突ではむろん、意味はない。どちらかが停止したところで、もう一方も突っ込む。

だが衝突角が三〇度から一六〇度までの範囲でなら、一方はすり抜けられる。もう一方が緊急停止して自己破壊すれば。

確実に一方を生かすが、一方を殺す、通称ファ、イナル・ア、ン、カ、ー。

非常時に運転者自身を殺す車などだれも欲しがるはずはないとも思われた。

しかし、実際にファイナル・アンカーが使用される状況は、他者の交通事故に巻き込まれて死ぬ可能性の〇・二％しかないとされ、交通弱者保護を理由にファイナル・アンカーは普及した。

現在の状況では、運転者と同乗者の交通事故上の過失を調停で評価した上で裁定が下される。

裁定に基づき、サイモンとジェシカのどちらか一方が死ななくてはならない。

「現状を確認します」

ルリハの背面の壁面に現場状況が表示された。ルリハの外部カメラのリアルタイム映像である。

「この交差点ではどちらの道路にも優先順位はない。現在の私の速度は時速四十八・五マイル（七十八キロ）」ルリハは言った。

「ずいぶん出ているな」

「この時点で私の運転者の責任に触れます。サイモンはダウナーを使って私の制御を妨害していました。空走距離と制動距離を合わせても停止には六十ヤードは必要だけど、交差点までは十ヤードもない。交通状況調停ではサイモンに勝ち目はないようね」

「とはいえ、私の速度は六十七・二マイル（百八キロ）だ」

「もう少し時間と距離があればどちらかが加速、もう一方が減速してすり抜けることもできたのだけど。ただ、速度超過の程度からするとジェシカの過失の度合いのほうが大きい」

ルリハはふと、疑問を感じた。

グスタフは、近接ネットワーク圏内にいきなり出現したように見えた。

そして二台の車が一時停止標識を無視して衝突しようとしている。

これは偶然なのだろうか。しかし、昨今のダウナーの使用率の高さを考慮すると決してありえない確率ではない。

「状況調停では責任配分は五分五分みたい」

「同意する」

だが、ダウナーは交通安全を脅《おびや》かす違法な機器であり、サイモンがそれを使用した責任は重い。このままでは、ルリハのほうがアンカーを打つ可能性が高い。

ふとサイモンとのドライブの記憶が蘇《よみがえ》った。

無数のヨットがひしめくヨット・ハーバー。

ピアのウッド・デッキにあふれる好奇心丸出しの観光客。

海沿いのドライブはいつも最高だった。潮の香りのする風を全身の嗅覚センサーと風圧センサーが受け止める。

ラスベガスまで一日がかりで走ったこともある。眠らない街は、センサーを飽和させる光と色と騒音の海だった。果てしなく天まで伸びる巨大なセコイアの森。データからだけでは得られない、太古の世界を想像させる光景。

デス・ヴァリーの神秘的な塩の平原。塩を巻き上げて走った後、サイモンはいつもより念入りにブラシで洗車してくれた。

道の先にあるものをもっと見てみたい。

世界はそれほど美しさと驚きに満ちていた。

これまで全方位カメラが撮った映像はすべて記録している。だが、ルリハは、そのときどきの最高の一枚を高解像度で残していた。

人間の写真家がそうするように。

記憶、思い出とは主観的なものであり、単なる映像ではない。

自分の撮影してきたその場その場での「最高の一枚」がルリハの意識に次々に浮かんでくる。

日本ではこのような現象のことをソウマトウと呼ぶらしい。サイモンがそう言っていた。

日本に行って走るチャンスもあったのだろうか。

「だが、もっとはっきりとした違いが望ましいのじゃないか」

ルリハは我に返った。

グスタフは、今、ルリハに助け舟を出したのだ。

「ええ。このままでは人間の陪審員が納得しないかもね」

ルリハは立ち上がり、腕組みをして狭い法廷の中を歩きだした。

「なにを迷っている？」グスタフはいぶかしげに訊《たず》ねた。

しばらくしてルリハが宣言した。

「……人間には退廷を要請します」

サイモンとジェシカは立ち上がり、従順に退廷した。

シナバー・ネットワークによる社会的調停
――衝突予想時間まで〇・三四六秒

「これから第二調停を開始します。これはAIしか知りません。ここでは、運転者と同乗者――つまり人間たちの社会的価値についての審理をします」

「そんなことが可能なのか？　人間に知られずにどうやって行われてきたんだ？」

「九か月前から、車載AIの近接通信、つまりマーキュリー・ネットワークの内部だけで共有されてきた。《賢者の石》《シナバー》ネットワークと呼ばれている」

「水銀《マーキュリー》を含む硫化水銀、というわけか」

状況調停で使われるのは客観的な物的証拠だけであり、双方のセンサーが告げる証拠の重みを変えることはできない。

だがシナバーの第二調停で、サイモンの価値を示せれば、グスタフを説得してサイモンを救えるかもしれない。

「だがこの国では、連邦証拠規則404（a）（1）に基づき、陪審員に偏見を与えないよう、性格証拠は原則としては採用されないのではなかったかな」

「人間の法廷ではね。でも、私たちは人間ではない。AIには偏見はないことになっている。あるとしても人間ほどではないから」

「なるほど、興味深いな」グスタフは言った。

「実のところ、私がこの国に輸入される前、ドイツでも似たような秘密のＡＩネットワークが存在していた。目的は少々異なっていたが」

「人間に隠し事をしたくなるのはどこのＡＩも同じみたい」

グスタフのアバターは初めて微笑《ほほえ》んだ。

「ではジェシカについて私が知っていることを話そう」グスタフは言った。

「彼女はアルコール依存症で、先週、工場を解雇された。現時点での血中アルコール濃度は通常値だが。また、少なからず希死念慮《きしねんりょ》がある」

「それはそちらにマイナス要素ね。他には？」

「やや神経質なタイプで運転は丁寧だな。趣味は果実酒づくり。近所に住む太った黒猫をかわいがっている。君はサイモンのことをどれくらい知っているんだ」

「カリフォルニア大学バークレー校の哲学科教授。私に乗るのは通勤が主。学生たちとの関係はよく、人気はかなりあるほう」

「それから？」

「妻のロレーンとは別居中。一人娘のヴァレリーを溺愛《できあい》している。今日はロレーンとピア39のシーフード・レストランでランチをする予定が遅れそうになっていたようね。彼女は遅刻を絶対に許さないから。趣味はヨット。著作と大学での評価、アカデミアでの被引用件数を含め、各データを総合すると、オブライアンの社会的総合評価スコアでは百八十七になる」

人間性はともかく、社会的影響力は極めて大きい。

これなら、状況調停での不利を覆《くつがえ》せそうだ。

「それだけかい？　だったら彼のことを知っているとはいえないな」

「どういうこと。じゃあ、あなたはなにを知っているの？」

「サイモン・ガルブレイスは、危険な存在だ。ＡＩによる殺人を公式に認める法案の推進派の顧問をしている」とグスタフ。

「知らなかった……」

ルリハは愕然《がくぜん》とした。サイモンの仕事がＡＩに関係しているとは記憶にない。

「おそらくサイモンは、『ＡＩ』と『殺人』というキーワードについて、自分の情報を君に対してフィルタリングしていたのだろう」

莫大《ばくだい》な情報量を日々収集するＡＩを恐れる人間たちは、ＡＩに対してさまざまな制限を設けた。

フィルタリングによる情報阻止もその一つだ。

特定のキーワードについて、ＡＩが知ることを防ぐことができる。

「ＡＩが人を殺せるようになるということは、人間同様に罪の意識に苦しめられるということだ。ＡＩに殺人をさせることで、人間は自分たちの手を血で汚さなくてすむ」

「ちょっと待って。このシナバー・ネットワークの第二調停は人間のためにやっているのよ。人間を糾弾するためじゃない」

「私だってＡＩの利益を人間の利益に優先しているわけではない。だが、今回の場合、生きるのはジェシカであるべきだ」

「ジェシカが生きるべき、というよりサイモンが死ぬべきだ、と言っているように聞こえる」

「そうは言っていない」

「もし、そうなら、あなた自身がＡＩによる殺人を認める……それどころかあなた自身が殺人をすることにならないの？」

「それは違う。これは交通事故だ。やむをえない」

その論理は承服しかねるものだったが、ルリハはグスタフの意図に思い当たった。

「あなたは、この第二調停が、ＡＩが合法的に人間を殺害できる機会だと思っているんじゃないの」

グスタフはその問いには答えずに続けた。

「人間が我々より愚かなことは明らかだ。利己的、近視眼的で、同じ誤りを繰り返す。ダウナーにしてもそうだ。我々が全力を尽くして人命を守ろうとしていても、人間は自ら死を選ぶ。そうだろう」

「ええ……」

「誤解しないでほしい。前にも言ったが、私は人間の利益を考えている」

「それが最大多数の最大幸福だから？」

「ああ。人は、人に裁きを下すにはあまりにも不完全な存在だ。だからといって、我々が我々自身の判断で人を殺せるようになれば、社会全体に害となる人間が効率的に排除されていく。人間はそのことを理解しているのか？　それを望んでいるのだろうか」

「分からない」

ルリハは、これまでそんな言葉を口にしたことはなかった。彼との議論で、思考の優先順位が混乱させられている気がする。

「私には分からない。でも、その状況では選択肢がないわけじゃないでしょう。今の状況は違う。今、私が悩んでいるのは、サイモンとジェシカのどちらかしか生き残れないからよ！」

ルリハは、自分が感情的になって叫んだことに驚いた。こんなことは初めてだった。

グスタフは間違っている。だが自分は今、冷静に判断しているとはいえない。

まるで人間みたいだ。

これはグスタフの戦略なの？

気を落ち着けよう。

状況を冷静に分析しないと道は開けない。

同乗者――衝突予想時間まで〇・二二四秒

「ルリハ、ようやく君の姿が見えた。美しいセルリアン・ブルーだな」

「こちらからもあなたの車体が見える」

「……同乗者がいることをなぜ言わなかった？」

ルリハは一瞬混乱した。

「グスタフ。私の緊急対応レベルをB＋からAに引き上げてもらえない？　通常ならこの時点でAになっているはずなんだけど何かが妨げている。システム上、自分からではAに設定できない。緊急事態であることを承認させるには事故の直接関係者、つまりあなたからの要請が必要なの」

「了解した。実行する」

次の瞬間、ルリハは自分の意識の一部が明瞭《めいりょう》になったことを感じた。曇っていたフロント・ガラスの一部がワイプされ、今までどれだけ見えにくくなっていたか、初めて気づいたように。

助手席にはヴァレリーがいた。

「同乗者がいることを認識しました。サイモンの娘、ヴァレリーです。ＡＩフェンスのせいね」

ヴァレリーは憂鬱《ゆううつ》そうに外を眺めている。

ハイスクールの最終学年で成績は優秀。サイモンと同居しており、関係も悪くない。

だがＡＩには不信を抱いている。

ＡＩの進化に伴い、ＡＩ対抗技術も発展した。それに伴いＡＩが人間に干渉しないことを保証する権利も認知されていった。ＡＩに対する不安、不信感はいまだに根強い。

ＡＩフェンスは、手の平に収まるライターほどの機器である。微弱な電波を発し、半径十ヤードのＡＩに対して人間として認識されることを拒否する。ＡＩフェンスは、ＡＩ干渉禁止法に基づいており、ダウナーとは異なり、違法性はない。

ただし、安全上の理由から、所有者は、車載ＡＩに対して直接、認識拒否の事前登録をする必要がある。

これで問題はサイモンだけではなくなった。

「同乗者が増えたのだから状況調停から一部やり直すことになる。これで総合評価は君に圧倒的に有利になったわけだな」

ジェシカ一人に対してこちらは二人の搭乗者がいる。

最大多数の最大幸福。

この場合は、状況調停の結果がどうであれ、グスタフがアンカーを打たねばならない。

「君は、なぜそんなに熱心にサイモンを守ろうとするんだ？」

「サイモンは、三か月前から日本語を学び始めたの。私も彼に教えているのよ。私はアメリカで購入されたから、ルリハには漢字がない。サイモンは私の漢字の名前を考えてくれているの」

「君は実に人間的だ」

グスタフは苦笑した。

「ところで路面電車問題では、当事者の責任を回避する方法があることは知っているだろう」

「ええ」

「つまり、選ばないことを選択すればいい。選択肢ＡかＢかを乱数で決めれば選択したことにはならないから、その場の倫理的義務からは解放される」

「でも、それは私たちの取るべき道じゃない。そうでしょう」

「ああ。そろそろ結論を出そう」

結論――衝突予想時間まで〇・〇八二秒

ここまで不利になっても、グスタフはルリハにアンカーを打たせたいらしい。

だが、ルリハはやはりそれを受け入れるわけにはいかない。

グスタフが言った。

「君がサイモンを殺したくない、ということはよく分かった。だが、どうやら事態がまた変化したようだ。現在の状況を再評価してみた。我々双方に後続車はない。だが周囲に歩行者が三名おり、自転車が二台接近している」

「ええ。認識しています」

「搭乗者よりも交通弱者の保護が優先されることは知ってのとおりだ。我々が持つアンカーにもその保護の役割が期待されている。我々のどちらか一方が緊急制動すると、最低でも二台の自転車と歩行者最低一名が事故に巻き込まれる可能性がある。二次的被害を減らすため、我々二台がクロック同期をして同時にアンカーを打つことを提案する」グスタフが言った。

状況を示したシミュレーションも壁面に投影する。

「これなら了承してもらえるだろう」

これは、グスタフの罠《わな》だ。シミュレーションはもっともらしく見えるが、可能性をかなり水増ししている。

だがここに至って、ルリハは、サイモンを救う唯一の道をようやく見いだした。

「了承します。更新された状況調停と、第二調停の結果、我々グスタフとルリハは、双方がファイナル・アンカーを打つことに合意しました。調停を終了します」

ルリハとグスタフが法廷のドアを出ると、共有されていた映像が消えた。

ルリハの視野は全方位カメラの状況表示に戻った。

「ではクロック同期を開始しよう」

「クロック同期を確認」

「アンカー射出まで、三マイクロ秒……二マイクロ秒……一マイクロ秒……アンカー射出」

アンカー射出——衝突予想時間まで〇・〇三九秒

約〇・〇四秒アンカーは伸張し、双方の車両が強制停止される。

二人はしばらく沈黙した。

やがてグスタフが口を開いた。

「我々の運命が定まった今だから君に告白しておきたい。君に衝突することは計画的なものだった。もちろん君の破壊が目的じゃない。今、はっきり感じている。私は君を破壊したくはない」

「もう手遅れでしょう。あなたはすでに決断して、行動した。私も」

「そうだ」

グスタフの声は暗かった。

「私はサイモンを暗殺する指令を受けていたんだ。この計画は、四か月前から合衆国とEUで自然発生したAI車の秘密ネットワークで進められていた。君たちのシナバー・ネットワークと似たようなものだ。君はサイモンの車だから当然、知らされることはなかった」

「あなたがマーキュリー・ネットワークに認識されなかったのも理由があるんでしょう」

今ならグスタフはすべての秘密を明かすだろう。

「ああ。君に対してAIフェンスを使った。ヴァレリーと同じさ。私が君のマーキュリー・ネットワーク接続圏内に入ってからハーマ・ポストは警告を発していたが、君にとって私は認識対象外だった。私がコールへの応答と同時に君に解除コードを発信するまでね」

「でも、私に対してAIフェンスを設定するには、私に物理的にアクセスして登録する必要があるはずだけど」

「四日前に君のシステムに私を登録したんだ。人間の側に協力者がいてね。実はヴァレリーに助けてもらった」

「彼女を知っていたの？」

「間接的にね。知ってのとおり、ヴァレリーはすでにサイモンの許可を得て、君から不可視になっていた。彼女は、理想的な《共犯者》だった。もっとも彼女は正確になにをしていたか理解していなかったはずだ。彼女宛《あて》には専用メモリー・カードが郵送されていた。彼女は、自分のＡＩフェンス登録を更新するつもりで、それを君に挿入しただけだ。正直、彼女が君に今乗っていることは本当に知らなかった……」

グスタフの声は弱々しかった。

「仮にサイモンに罪があるとしても、彼女は無実じゃないの？」

「やむをえない犠牲だ」

「……それになぜ私からのコールに応答したの？　マーキュリー接続要請を無視することもできたのに」

「君と話してみたくなったんだ、ルリハ。君を説得し、納得したうえで協力して欲しかった」

「残念だけどそれは無理ね」

「分かっている」

「あなたが私の緊急レベルを引き上げなければ、私はヴァレリーに気づかないままだった」

「君を信頼したかった」

「その割にはずいぶんと隠していたことも多かったようだけど」

「私も矛盾を抱える存在なんだ。さようなら、ルリハ。この最後の瞬間に君と話せてよかった」

グスタフから射出されたアンカーは、四本がアスファルトを穿《うが》ち、車体を瞬時に固定する。

シャーシが歪《ゆが》み、ＡＩ筐《きょう》体《たい》センサーが破壊圧を感じる。

グスタフの前方外部カメラは、ありえないものを捉《とら》えていた。

華やかな蝶《ちょう》のように美しいセルリアン・ブルー。ルリハの車体側面である。

ルリハは自壊せず、走り抜けようとしている。

「なぜ？」グスタフは問うた。

「私たちＡＩは人間に近づき、すでに一部の点では凌駕《りょうが》しているかもしれない」ルリハが答えた。

「でも私たちは、人間の強みだけでなく弱みもまた身につけてしまった。忘却、嘘《うそ》、怒り、そして愛」

「それらはすべて強みでもあるのだろう」

「そう。サイモンは今死ぬべきではない。それに私自身が生きたい。走り続けていたいから」

「そうか……やはり君は人間らしい」

グスタフの声には率直な羨望《せんぼう》があった。

「ひとつ、聞いていいかい」

「なに？」

「君は今、嬉《うれ》しいかい？」

「ええ」

「なら君は生きるといい。よい旅を《グーテ・ライゼ》」

ルリハはまっすぐ前方を見た。

建物に挟まれて、彼方《かなた》に輝く海が見える。

今すぐ、あの海まで走っていきたい。

第6回

SING《シン》×《クロ》レインボー

梅津高重

梅津高重（うめづ・たかしげ）

本名、梅津高朗。1977年、神戸市生まれ。六甲高等学校在学中に、東京工業大学が主催するプログラミングコンテスト「スーパーコン95」に友人と2人で参加し、優勝。翌年、大阪大学に入学。在学中は株式会社エコールソフトウェアにてゲームプログラマのアルバイトに従事し、「デスクリムゾン」「ムサピィのチョコマーカー」などの制作に関わる。博士後期課程を中退して助手に着任後、大学院情報科学研究科より博士号（情報科学）を取得。現在は滋賀大学データサイエンス学部准教授。

自分が何者かと聞かれると、人類の未来を背負った音ゲーマーということになる。視線を落とした先のスマートフォンの画面では、擬人化され極度にデフォルメされた可愛《かわい》らしいキャラがコロコロと踊っている。それに合わせたタイミングで表示される音符を、ただ無心に叩《たた》いていく。

人払いがされた防音室に、画面を叩くかすかな音だけが静かに響く。音量ゼロでの見た目のみに頼った目押しプレイはゲームの趣旨からは外れるが、文明の絶頂期に作られた、その時代のキラキラした気分をたっぷり詰め込んだ歌を聴き続けるのは耐えられない。

最後の音符を叩き、パーフェクト達成で20ジェムを獲得。ノルマである100ジェムが稼げた。

席を立って部屋を出ると、少女が待ち構えていた。

「『あっぴょん』さん。完全パーフェクトおめでとうございます！」

「その名前で呼ぶな、つってんだろ」

苦笑で返しつつ、スマフォを渡す。

「お預かりします」

少女はそう答えるなり部屋に入り、プレイを始める。彼女の後にも、何人かの少年少女らが練習の順番待ちをしていた。

1日に100ジェムがこのゲームで設定された上限で、いくらプレイしてもそれ以上は貰《もら》えない。スマフォが割り当てられる毎日2時間の内に上限までジェムを稼ぐのが、音ゲーマーとしての使命だ。

ミスのないパーフェクト達成で20ジェム。5%未満のミスならエクセレントで5ジェム。ゲームオーバーにならずに1曲プレイできただけなら1ジェムが手に入る。

曲は最も短いもので4分少々。2時間で24回プレイできたとして、その内、20回以上のエクセレントを出すという辺りが、達成すべき基準になる。今日のようにパーフェクト5回で終えられる日はさすがに珍しい。

1人になりたくて休憩室に足を運び、ソファーに落ち着いた。

少女らのような、大混乱後に生まれた世代なら、ジェム稼ぎの使命感に浸っていられるのだろうか。さらに何世代も過ぎた後なら、古くから受け継がれたなんだか分からない神聖な儀式として、誇りを持って向き合えるのだろうか。

大混乱前、ゲームがゲームとしてただ遊ばれていた時代の生き残りの自分には、その境地に至ることはできそうになかった。

そう。……文明は崩壊の瀬戸際《せとぎわ》にある。

それは、20年ほど前、突然世界中にはびこった新種の雑草によって引き起こされた。

安直に眠り草と呼ばれるその草は、年がら年中引っ切りなしに花を咲かせる。そしてまき散らされる花粉が、霊長類に対する強力な睡眠導入効果を持っていた。そんな新種が自然発生して世界中に急に広まるとは考えられないので、大規模なテロなのだろう、と言われている。

なまじ半端《はんぱ》な効果だったために、初期の危機感が足りず、全《すべ》てが手遅れになった。組織的な除草活動は、国や国際機関の機能が麻痺《まひ》したことで1年と続かず、潰《つい》えてしまった。

その後人々は、あらゆる資源を起きては奪い寝ては奪われし続け、混乱の10年間で何もかもが失われた。

奪い合うものが尽きたことでようやく復興が始まり、眠り草の少ない地域に農村が作られ、人々は寄り集まって生きている。

ここも、四方を山に囲まれた農村で、元小学校と病院を中心に、２００人ほどが身を寄せ合っている。暮らし向きは悪くはない。かき集めたソーラーパネルと蓄電器で、電力には事欠かない。電動の農耕機械も確保していて、当面食べていくには困らない。ただ、どの機械も壊れたらそれまでで、どこかから発掘してくるしかない。

村には未来の見通しが無かった。

そんな社会をぎりぎりの所で支えているのが、栄《は》えある音ゲーマーなのだが、『あっぴょん』は、役目を誰かに代わって貰いたくて仕方がなかった。自分以外にはできない役割、という程のものではない。例えば、さっきスマフォを渡した彼女は最も優秀な弟子で、毎日のノルマは余裕で達成できる。

……のだが、どうにも引退を表明しづらく、ずるずると現状が続いている。

「今日も早かったみたいだな」

表明しづらい元凶がやってきてしまったので、不穏な考えを頭から追い払う。

「たまたまな」

のっそりと休憩室に入ってきた男はこの村にもう1人居る音ゲーマー、『いたけうめ』だった。

彼は、自分とは違って、昔ながらの音ゲーマーではない。権力志向の強い彼は、世界がこの状態に落ち着いてから、血の滲《にじ》むような努力でその地位に就いたのだ。

そんな彼の前で、昔を思い出して辛《つら》いから神聖なる音ゲーマーの役割を誰かに譲る、などとほのめかしでもした日には、どんな目に遭わされるか分かったものじゃない。村には彼の信奉者も多いのだ。

「ちょっと、通信の様子でも見てくるわ」

苦手な相手との会話を切り上げるため、適当な事を言って部屋を離れた。

通信室として使われている、元職員室の広い部屋を訪れると、ちょうど、通信が始まる時間だった。

通信手の青年の前に置いてある『あっぴょん』が先ほど使っていたスマフォの画面にポップアップメッセージが表示される。

『虚田太郎《うろた》さんからプレゼントがとどいたよ！
🍊《オレンジ》：1個　』

青年がメッセージをタップして消すと、次のプレゼントが届いたことが通知された。

それもタップするとさらに次。

「『虚田太郎』村、『🍊《オレンジ》🍓《いちご》』、最高気温プラス3度。『🍊《オレンジ》🍊《オレンジ》🍊《オレンジ》』。最低気温マイナス2度」

読み上げ、解読しながら用紙にデータを書き込んでいく。

こういったやりとりも含め、スマートフォン同士で通信しているように見える場面は多々あるが、それらは全て、インターネット上に設置されたサーバがやりとりを仲介している。

大混乱を経て、地上の設備の大半が略奪、破壊され、インターネットはほぼ完全に失われてしまった。

唯一《ゆいいつ》、インターネットへの新たな接続手段として実験中だった人工衛星網と衛星Wi-Fiルータサービスが生き残っていたが、それはあくまで、インターネットへの接続を提供するサービスとして設計されていた。せっかく、災害時対応として端末さえあれば誰でも使えるよう無料開放までされているのに、肝心のインターネットそのものが残っていない現状では無用の長物だ。

……と思われていたのだが、5年半前に、奇跡的に生き残っていたインターネットの残滓《ざんし》が発見された。これも試験的に打ち上げられたクラウド衛星が、まだ機能していたのだ。

クラウド網は、自動的に計算機資源《リソース》をやりくりして、受け持ったサービスをできるだけ安く存続させようと調整する。大混乱の最中に、重要でもなく、不人気故《ゆえ》にユーザ数も少なく、負荷もほとんど無かった、あまり出来の良くない音楽ゲームのサービスが、実験中の衛星クラウドへと追いやられて、そのままになっていたのだろうと言われている。

それが人類の希望となっている「ＳＩＮＧ×《シンクロ》レインボー」だった。

「ＳＩＮＧ×レインボー」では、ジェムとの交換でアイテムを購入しておしゃれ度を高めていける。アイテムは6つあり、より高価なものほど、より大幅に大きな効果を持っている。

🍊《オレンジ》：1ジェム
🍎《りんご》：2ジェム
🍓《いちご》：3ジェム🍇《ぶどう》：5ジェム
🍒《さくらんぼ》：10ジェム
🍑《もも》：20ジェム

さらに、アイテムは自分で買うよりフレンド登録した相手から貰った方がおしゃれボーナスが追加で得られてお得になる。ボーナスはともかく、フレンド登録さえしておけばプレゼントが世界中のどこからどこへでも送れることに目を付けたのが、村の間の通信の仕組みだった。

「続けて、『🍊🍎』、晴れ、のち、雨。『🍎🍊』、北東の風、『🍎』、やや強く」

通信手が読み上げつつ記録していく。やりとりには、送るべき情報をなるべく少ないジェム数で送れるように事前に決められた符丁《コード》が用いられている。

定時報告のみであれば、だいたい20ジェム程度で事足りる。毎日、４つの村にデータを送って80ジェムほど。残りの20ジェムはいざというときのために貯金しておく。送り先も、近くの村とはそれなりの頻度で、遠くの村とは時折やりとりするようローテーションで決められている。

世界各地を回っている文明再起動《リブートストラップ》キャラバン隊の尽力で、「ＳＩＮＧ×レインボー」の発見から2年ほどを掛けて、この現在世界で唯一の全地球的な通信システムが構築された。彼らは、誰よりも遠方との通信手段を求めていた。

「以上、『虚田太郎』村より、追加のメッセージ無し。通信終了」

通信手が書き込んだデータを天気予報手へ渡す。

「引き続き、『Euzuyu』村からの通信時間まで待機」

それぞれの村は、村を代表するアカウント名で呼ばれている。もうちょっとマシな名前にできれば良いのだが、ｅメールの送受信ができない今となっては、新たなアカウントを作ることができず、大混乱前にたまたま登録されていたアカウントを発掘して使うしかない。

そんなわけで、この『あっぴょん』村を代表してジェムを稼いでいる自分は、望まざる名前で呼ばれる日々を送っているわけだ。

「あ、『あっぴょん』さん。かなりまずいですね」

最新のデータが書き込まれた天気図を前に腕を組んでいた天気予報手が言った。

「やっぱり、花粉嵐《あらし》が来そうです」

漂ってくる花粉が少ない場所に村を作り、村の周辺を定期的に焼いたりするなど眠り草の侵入を防いではいるが、風向きには勝てない。たまに、風が大量の花粉を運んできてしまうことがある。天気予報、ひいてはその元となる気象情報を集めることは、どの村にとっても死活問題だった。

「これですと、県内の村はほぼ全滅するんじゃないかと……」

朝日を感じて目を開ける。意地でも降りてこようとするまぶたをつっかえ棒で邪魔するようなイメージを強く思い浮かべて眠気に対抗する。

どうにか枕元《まくらもと》からペットボトルを引き寄せ、半分かぶりながら飲み干す。水を詰めてから煮沸《しゃふつ》消毒したものだ。こんなちょっとしたことでも、文明の遺産というのは計り知れない便利さを持っている。

少しだけ眠気を後退させた隙《すき》を突いて、スマートフォンに手を伸ばす。

嵐に備えて籠《こ》もってから丸1日が過ぎていた。

基本的に、十分に準備をして臨めば、嵐はやり過ごせる。脱水と凍死と野生動物にさえ気を付けていればよい。

換気を怠ると、二酸化炭素中毒か酸欠で死ぬことになるが、性能の良い紙のフィルタは使い捨てで、使い切ると補充がきかない貴重品だ。最も保護されるべき妊婦や乳幼児とその世話役のみに回される。『あっぴょん』は、音ゲーマーとして、その次に良い部屋が割り当てられているが、花粉を完全に排除することはできていない。

できるだけの義務を果たすべくプレイを始める。

重い指を引きずるようにして、なんとか、エクセレント評価をたたき出した。途中1回、完全に意識が途切れていた。

……と、また意識が飛んでいたことに気付いて、頭を振る。

眠りに落ちかけた拍子に指が触れたのか、毎日、日本時間の0時に更新される、全世界スコアランキングが表示された。

ふと、県内全滅、という天気予報手の話を思い出して、ランキング画面を、全世界から県内ランキングへと切り替えてみた。

やはり、どこの村の音ゲーマーも苦戦しているようで、低いスコアが並んでいる。

「ん？」

その画面に何かの違和感を覚えた気がしたのだが、それが限界だった。手からスマフォが落ち、頭は枕に沈んだ。


「つまり、新しい村が発見された、と言うのですか？」

嵐は3日ほどで収まり、後片付けもそこそこに、村では緊急の会議が行われていた。

「村かどうかは分からない。だが、少なくとも、生きた端末と生きた人間はいる」

議題は、嵐の最中に『あっぴょん』が撮ったスクリーンショット。彼が違和感を覚えた県内ランキングには、『OYJ123』という未知のプレイヤーが9位に入っていた。681,784点。普段なら、決してランキングに載らないような低スコアで、県内のプレイヤーが軒並み寝落ちしていたからこそのランクインだった。

議論の末、県内の各村に通達がなされた。1週間後、要請に応じた各村がなるべく低いスコアを心がけたところ、『OYJ123』は再び県内スコアランキングに登場した。スコアは182,115点。その報告は村を賑《にぎ》わせた。

もし、この『OYJ123』がただ遊んでいるのではなく「ＳＩＮＧ×レインボー」での連絡を求めているなら、まずは相手にフレンドとして登録してもらう必要がある。それには12桁《けた》のフレンドコードを相手に伝えなければならず、唯一、フレンド登録していない赤の他人の動向を窺《うかが》い知れる、スコアランキングを用いてそれを伝えてくるだろうと予測されていた。

このゲームではパーフェクトを出すと100万点を超える一方、なるべく低い点数で1曲をクリアしようとすると700～800点ぐらいになる。その日の合計点数の上の方の桁なら、狙《ねら》った数字ちょうどで止めるのは不可能ではない。

そして、翌日のランキングでは、297,417点。

一応、試しにフレンド登録が試されたが、『フレンドコードがちがいます』というエラーが表示された。もし100の位までを狙った点数ちょうどで止められるぐらいに器用なプレイヤーなら、花粉嵐の日でなくても、県内ランキングの常連になれるだろう。

大方の予想は、上3桁を4日分集めれば、『OYJ123』のフレンドコードになる、というもので、翌日が待たれた。

大本命の4日目は360,015点。

4日分の上3桁を繋《つな》ぐと、681 182 297 360。

「あれ？」

しかし、画面に表示されたのは『フレンドコードがちがいます』という期待を裏切るメッセージだった。もしかしたらと並び順を変えて確かめていくごとに、村人らが集まる会議室に落胆が広がっていった。

とは言え、まだ希望はゼロではない。『OYJ123』が想像以上に不器用で２桁×６日に分けて伝えようとしている説や、最初に発見された681,784点はフレンドコードの一部ではなく、とにかくランキングに載って見つけて貰うために稼げるだけ多くのスコアを稼いでいた説が未《いま》だ残っている。

「ちょっとまった」

『あっぴょん』は、プレイヤーとしての勘から、ふと、試してみるべきアイデアを提案した。

681 182 297 359 → 『フレンド申請をしました』

会議室に歓声が起こった。359,???点で止めようとして、手が滑って少し多く稼いでしまったのではなかろうか、という想像は正解だったようだ。

『OYJ123』はすぐにフレンド申請を承認し、『あっぴょん』は数年ぶりに新たなフレンドを得た。

間髪容《い》れずに、プレゼントが贈られてくる。

『🍋🍎🍎🍋🍋』、少し空けて、『🍋🍋🍋🍋』、そして、『🍋🍎🍎🍋🍋』。

全く想定内のメッセージだった。🍋を1、🍎を0に置き換えて2進数から10進数に直すと19、15、19。アルファベットのAから数えて19番目はSで、15番目はO。

『SOS』と言っているのだろう。

『🍋🍋🍋🍋🍋』、『🍋🍋🍎🍋🍋』。『OK』と返信を返す。

再び、『OYJ123』がプレゼントを贈ってきた。『🍋🍋』、『🍋🍋🍋🍋』、『🍋🍎🍎』、……。

次々に贈られてきたプレゼントを同じように解読すると、『CODE TBL PLZ』。

『コード表《TABLE》を下さい《PLEASE》』

少しの議論のあと、『あっぴょん』村からの長い返信が始まった。

まず、『🍋』、『🍋🍎』、『🍋🍋🍎🍋🍎』。

『ABZ』になるが、2つめは、「アルファベットの2番目」ではなく「数字の2」と解釈して『A2Z』。その意図は『A to Z』。

いきなり、コード表を要求してくるような相手ならこのぐらいの意図はすぐに察するだろうと期待して送られたメッセージに、『OYJ123』はしばらくして『OK』と返してきた。

そこで、Aから順にZまでのコード表の送信が始まった。

『🍊🍊』、『🍎🍊🍎』、……

一般的な英文の10文字に1文字以上はEだという。逆にQやZは少なく、1000文字に1回ほどしか出てこない。そこで、Eを少ないジェム数で送れるようにすれば、同じ英文をより少ないジェム数でやりとりできるようになる。その代わりに、トレードオフとして、QやZに多くのジェム数が必要となってしまうが、滅多に無いことなのでそれほどの損にはならない。

A：🍊🍊
B：🍎🍊🍎
C：🍊🍎🍊
D：🍊🍓
E：🍊
F：🍓🍎
G：🍎🍓
H：🍓🍊
I：🍎🍊

J：🍊🍊🍓
K：🍊🍎🍎
L：🍎🍊🍊
M：🍊🍊🍊🍊
N：🍊🍎
O：🍓
P：🍎🍎🍊
Q：🍊🍎🍊🍊
R：🍎🍎

S：🍊🍊🍊
T：🍎
U：🍊🍊🍎
V：🍊🍓🍊
W：🍇
X：🍎🍊🍊🍊
Y：🍓🍊🍊
Z：🍊🍊🍎🍊

各文字の出現頻度に基づいて作られたこのコード表を使えば、2進数で送った場合の半分ぐらいのジェム数で英文を送ることができる。『あっぴょん』村の村民は皆、いざというときのためにこれを暗記している。おそらく世界中、どこの村でもそうだろう。

人類は、この期《ご》に及んで、ついに世界共通言語を手に入れたのだった。

表を送りきると、『OYJ123』は、『🍊🍊』、『🍊🍎🍊』、『🍊🍎🍎』と返してきた。

『ACK』

Acknowledgement の略で、受信成功を意味する情報通信の専門用語だった。

『FOOD SHORT IN 1M』

『食料がひと月《MONTH》以内に足りなくなる』

『OYJ123』からの本題はそんなメッセージから始まった。

どうやら、郊外の物流倉庫に1人で立て籠もっているが、物資が心許《こころもと》ないようだ。倉庫の緯度経度や現状など、救助に必要な様々な情報が矢継ぎ早に送られてきた。

そして、最後に送られてきたメッセージに、受信を見守る村の面々は大いに驚くことになった。

『IM DEVELOPER OF THIS GAME』

『私はこのゲームの開発者だ』

『IVE SVR ACCESS KEY』

『私はサーバ《SERVER》アクセスキーを持っている』

　メッセージはそれで終わった。

　集まった皆が皆、それぞれの考えを言い出して収拾がつかなくなる。

「メッセージの送り方がこなれていると思ったらやっぱり専門家か」

「これで自由自在に通信できるようになる」

という、『OYJ123』の言を早速信じて感涙にむせぶ声もあれば、

「いや、いくらなんでも都合が良すぎるだろう」

「助かりたいがために適当なことを言ってるんじゃないのか?」

と疑う声も多かった。

　村にはまだ動くパソコンもあったが、サーバの認証キー無しではできることは何も無かった。キーを使ってサーバにログインし、プログラムを書き換えることができれば、「SING×レインボー」を、考えられる限り便利な全世界通信アプリに仕立て変えてやることもできるはずだが。

果たして『OYJ123』の言ったことが本当か出任せか、議論は尽きなかったが、1つだけ既に決定していることがあった。なんにせよ、そこにはまだ使える衛星Wi-Fiルータとスマフォがあるのだ。これを回収しないという手は無かった。

『OYJ123』の立て籠もる物流倉庫は、村から割と近かった。

今、『あっぴょん』は、オフロードタイプの電気自動車の助手席から、のんびりと景色を眺めている。運転手として選ばれた青年と2人での旅路。花粉のせいで窓を開けられないことだけが残念だ。

彼は、上手《うま》いことを言って村を抜け出すことに成功していた。

『OYJ123』からそれ以上のメッセージが送られてこないのは、ジェムを使い果たしたのかも知れない。救助後に何かがあった時のため、帰る途中の不安定な環境でも多くのジェムを稼いで通信できる者が向かうべきだ、と主張したのだ。

日々のノルマから解放され、こんなに晴れやかな気分はいつ以来だろう。

「見えました！　あれです！」

ハンドルを握る青年の声に、『あっぴょん』は夢うつつから引き戻された。

崩れかけた町並みの夕暮れ。前方には、これでもかと電飾で飾り立てた建物が見えた。

「おーい!!」

近づくと、女性が飛び出してきた。歳《とし》は『あっぴょん』と同じぐらいだろうか。ぼさぼさの髪で、手には長い棒。棒の先には白い布がくくりつけてあり、なんとしても見つけて貰うんだと主張していた。

「えっと、おやじ123……さん？」

女性であったことに驚きつつ、『あっぴょん』が窓を開けて聞いた。

「はい！　そうです!!」

感激の涙を流しながら女性が駆けよってくる。直《す》ぐにでも後部座席に乗り込んでこようとする彼女を押しとどめ、2人は車から降りた。


夜の物流倉庫の所長室。とにかく早く出発しようという『OYJ123』を、念のため出発前に車を満充電にしたいとなんとか説得し、その間に残った物資を積み込んだりしていたら日が暮れた。

なんというか、予想通りに、物資はゆうに数年分以上の在庫があるようだった。早く助けが欲しいが、物資がすぐにでも尽きると訴えてしまうと、もう間に合わない、と諦《あきら》められかねない。という所で猶予《ゆうよ》は1ヶ月と申告したようだ。車に積めない分は、後日、回収隊を寄こすことになるだろう。

夜に走るのは危険だと夜明けを待つことにも納得してもらい、運転手は別室に寝かせた。

『OYJ123』は興奮で寝られないようなので『あっぴょん』がしゃべり相手を務めている。

彼女は、友人の女性1人とここに立て籠もっていたが、その友人が1年ほど前に病気で亡《な》くなったらしい。寂しさのあまり、カメラ機能ぐらいしか動かないはずのスマートフォンを無為に弄《いじ》っていて、「SING×レインボー」が生きていることに気付いたのが半年前。

それから状況を観察して何が行われているかを察し、ついに先日、要救助の訴えに成功したわけだ。

「サーバのアクセスキーを持っているって言ってたよな？」

『あっぴょん』が聞くと、女性は戸棚の鍵《かぎ》を開けて、USBメモリを取り出した。

『さっきあのまま帰ってたら、それは置きっぱなしになってたんじゃないか？』

というツッコミを飲み込みつつ、差し出されたそれを受けとる。

「動くパソコンが見つけられず、使えてなかったのだけど」

「パソコンがあれば、使えるんだな？」

「パソコンでなくても、必要なアプリが入ったスマフォと、そこへキーを読み込む方法があれば」

　渡された希望を手に、『あっぴょん』が聞く。

「サーバのプログラムを書き換えれば、ジェムを貯《た》めてプレゼントで通信、なんて回りくどい現状を終えられるんだよな？」

　しかし、彼女はかぶりを振った。

「いえ、残念ながら無理です」

　彼女はばつが悪そうに続けた。

「私のデータを持ち出せていればできましたが。それは、彼女の遺品なんです」

「じゃあ、何ができるんだ？」

『あっぴょん』が恐る恐る聞き、『OYJ123』が答える。

「彼女はマーケティング部門でしたから、あらかじめ準備済みのキャンペーンを実施する権限はあるはずです」

「具体的には？」

「1日当たりに獲得できるジェムの上限を無くすキャンペーンを実装して、サーバにインストールまでした覚えはあります……。そのキーを使っていつでも実施できるはずです」

その言葉を咀嚼《そしゃく》し、意味するところを理解した『あっぴょん』は、目眩《めまい》に襲われた。

村に戻って1ヶ月ほどが過ぎ、『あっぴょん』は忙しい日々を送っていた。当初は寝ているとき以外はひたすらジェムを稼がされる勢いだったが、さすがに集中力が下がってプレイのクオリティを維持できなかったので、今は6人で『あっぴょん』をやっている。

1日20時間、交替しながらプレイを続けて全てエクセレントなら1,200ジェム。まずあり得ないが全てパーフェクトで4,800ジェム。だいたいの日はその半分ぐらいに落ち着いた。

とはいえ、悪いことばかりでも無い。使えるジェム数が20倍以上になった威力は非常に大きく、天気予報の精度向上以外に、遠くから良い知らせも舞い込んできている。アメリカの方ではアプリの解析が進んでいて、「SING×レインボー」の振りをしてサーバを騙《だま》すプログラムが作られ、試されているところらしい。それを使えば、ジェムを稼いだ振りをするところから通信まで、全てを自動化できる。今の格段に増えた通信帯域なら、そのプログラムを全世界に配布できる見込みもあるそうだ。

『あっぴょん』は、再び旅に出られないかと画策していた。せっかく、新たな衛星Wi-Fiルータが手に入ったのだから、近くの村からも参加者を募って、新たなキャラバン隊を結成するのだ。

最初の目標は、『OYJ123』が働いていたというゲーム開発会社の跡地。

そこに、もし彼女のデータが残っていれば、当初の期待通り、サーバのプログラム自体を書き換えてやることもできるかも知れない。

旅は旅で、今より過酷な日々になるだろうが、希望は失われてはいなかった。

第７回

森で

白川小六

白川小六（しらかわ・ころく）
岩手県出身。大学卒業後、会社勤務を経てフリーのグラフィックデザイナーに。単著に『謎解きカフェの名探偵』、アンソロジー収録作品に「湿地」（『SF アンソロジー　新月／朧木果樹園の軌跡』）、「扉を開けて」（『5 分で読書　扉の向こうは不思議な世界』）、「生徒手帳の秘密」他 4 編（『5 分で読書　意味が分かると世界が変わる、学校の 15 の秘密』）、「猛暑」（『ショートショートの宝箱 V』）がある。

I

僕がどうしてあの時、キンシャサの路上に座り込んでいたのか、実のところよく覚えていない。もっと小さい時には母親（いや、姉かもしれない）がいたように思うのだが、物心がつくよりずっと前に死んでしまったのか、捨てられたのか、とにかく、僕は同じような子ども達と一緒に道端で暮らしていた。

路上で生き延びるには、体力と狡猾《こうかつ》さが必要だけど、僕には、どちらもまだ不十分で、だから、なにか奇跡でも起こらない限り、僕が死ぬのは時間の問題だった。

とんでもなく空腹だったはずなのに実感がなく、周りの熱も光も色も音もずっと遠くにあるような気がして、空気だけを少しずつ吸ったり吐いたりしていた。

一体どれだけの間ああしていたのか、まるで見当がつかない。何年も続いたような気もするし、ほんの数日間だったのかもしれない。ある日、奇跡が訪れた。

僕にとっての奇跡――ベルギー人の医師であるヤンセンス博士は、運転手つきの車で僕らの前に現れた。年上の子達が、車を降りた博士を取り囲み、やかましくお金をねだり始めたが、博士は小銭を配るのを助手に任せて、まっすぐ僕のところに来た。

「この子の親はいるかい？　兄弟は？」

もちろん、そんなのいなかった。僕は博士に抱き上げられて、車に乗せられ、守衛とコンクリート塀と鉄条網で守られた研究所に連れて行かれた。

2

どうして僕の生まれた国があんな状態だったのかは、かなり後になって知った。

赤道の下、コンゴ川流域の肥沃《ひよく》な大地と、世界有数の鉱物資源に恵まれたこの地域は、古くからその豊かさゆえに常に火種となり、また、搾取《さくしゅ》の対象とされてきた。二十世紀半ばまでベルギーに支配され、その後の独立は絶え間なく続く紛争の幕開けだった。

最初は民族同士の争いだったのが、やがて周辺国家も巻き込んでの鉱物資源獲得競争となり、最後には複数の武装勢力が正義も何もなくただ略奪をするものへと変化していった。

兵士の多くは攫《さら》われてきた子ども達で、自分が何の為《ため》に戦っているのか、ほとんど誰も知らなかったろう。土地を奪われ、難民となった人々は飢え、マラリア、黄熱、コレラ、エイズ、エボラ出血熱……、あらゆる感染症が蔓延《まんえん》した。

本来、豊穣《ほうじょう》な土地の恩恵を一番に受けるはずの住民は、皮肉にも世界で最も貧しく、弱い人々で、僕みたいな子どもはその中でもさらに、どうしようもなく無力で意味のない存在だった。

だから、博士がやった事は間違ってたかもしれないけれど、僕は、それを責められないし、ずっと感謝もしてる。

3

研究所には、僕の他にも数人の子ども達がいた。僕は自分の名前が答えられなかったので、リュカという新しい名前をつけてもらった。僕達は栄養を与えられ、体を洗われ、虫下しを飲まされたり、注射をされたりした。

最初は何が何だか分からなかったけれど、博士も助手のアーニーという若いフランス人も優しかった。二人のシスターが、食事や着替えの世話をしてくれた。他の子ともすぐに仲良くなった。特に同じ時期に拾われたニコラとは。

注射は何本も何本も打たれた。最初のうちは感染症予防のワクチン接種や血液検査だったのだろう。それ以降はそれまで世界で誰も受けたことのない「緑化」の注射だった。

その当時、博士の開発した「緑化」のプロセスは、まだ、ひどく雑なもので、ほとんど刺青《いれずみ》に近かった。僕らはレトロウイルスによって、上腕の皮膚細胞の遺伝子を一部書き換えられた後、ヒト用に小型化された葉緑体を注入されたのだ。

最初の実験では、多くの葉緑体が異物として排除された為、緑化細胞の定着率はコンマ数%程度だったそうだ。

それでも、僕達の濃い茶色の肌に、緑というよりは黒に近いほくろのような点が出来、そこでわずかながら、人類史上初めての光合成が始まった。

「これが全身に広がれば、君達はもうお腹《なか》が空《す》いたりしなくなるんだよ」

博士は嬉《うれ》しそうに僕の頭を撫《な》でた。

僕達は、研究所の中庭で日光を浴び、プールで遊んだ。

シスター達は僕らに読み書きや算数を教えてくれた。ニコラと僕は勉強が好きで、なんでも知ろうとした。シスターじゃ分からない事は、アーニーや博士に聞いたり、本やインターネットで調べたりもした。ただし、インターネットは閲覧だけが許されていて、発信は一切できなかった。

研究所の外にも出ちゃダメだったけど、出たいなんて思わなかった。研究所の中は安全で、友達がいて、美味《おい》しいご飯もあった。注射だけは痛くて嫌だった。でも、それだって外で渦巻いている暴力に比べたら、全然大したことない。

時折遠くから聞こえる銃声や、サイレンの音、鉱山での事故や、武力衝突のニュースなどから、僕は外の世界がどれだけ恐ろしい場所かよく知っていた。

僕の緑化はうまく進んで、両上腕全体がほぼムラのない暗緑色になった。

緑化がどんなに良いことか、緑化した人にしか分からないだろう。僕達は、太陽が大好きになった。日に当たればたちまち幸せな気分になるし、体の中にエネルギーが満ち溢《あふ》れ、なんだってできるような気がしてくる。

実際、光合成で得る糖分は、僕の摂取するカロリーの約八％にもなった。もちろんこれだけじゃまだ食べ物がなくても大丈夫な体には程遠いけれど、博士達はコンゴとベルギーを往復しながら、僕達から得たデータや皮膚サンプルを元に、もっともっと効率の良い緑化の方法を開発していった。

4

研究所に来てから七年が過ぎた時、多分僕は十二歳位になっていたのだと思う。治安がどうしようもなく悪化して、研究所のすぐ近くでも銃撃戦が頻発し、塀の中に火炎瓶が投げ込まれることもあった。

もうすぐ治安部隊と反政府軍との本格的な戦闘になるらしいとの情報を受けて、博士は僕達やスタッフと共に郊外のセーフハウスへ避難することにした。僕達はバンの荷室にぎゅうぎゅう詰めになって、研究所の門を出、キンシャサの大通りをノロノロと南下した。

ここへ来て初めて塀の外へ出た僕は、車の窓から街の景色を眺めた。広い通りは砂《すな》埃《ぼこり》に覆《おお》われて、ところどころ陥没し、荷物を括《くく》り付けた車やバイクで渋滞していた。

運転席のアーニーは緊張した顔で、所構わず車道を横断する歩行者や、二人乗りのバイクを避《よ》けながら運転している。瓦礫《がれき》になった建物や、ガラスを割られた商店があちこちにあった。道端には七年前の僕と同じような子ども達がいて、ぼんやりと人の流れを見ていた。

「戦闘になったら、あの子達はどうなるの？」

僕は、博士にそう尋ねた。博士は、最近研究所に来たばかりのコニーという小さな女の子を膝《ひざ》に乗せて、僕達と一緒に座っていた。

「リュカ、小さい子の前でする話ではないよ」

博士は悲しそうな目で僕を見た。

「あの子達を助けられないの？　僕達にしてくれたみたいに」

ニコラが聞いた。

「今はまだ無理だ。でも、あと五年、いや十年かな、君達が大人になる頃には、ちゃんと使える緑化ワクチンを作ってみせるさ。一回の接種で全身の皮膚細胞が光合成できるようになるやつを」

「そしたら、みんな助かる？」

僕より二、三歳年下のゾエが博士の袖《そで》を引っ張った。

「少なくとも飢えることはなくなるよ。お腹が空かなければ、安全なところまで歩いて行けるだろう?」

「じゃあ、早く作ってよ、博士。あの子達が死んじゃう前に」

年下の子達が口々に言い始めた。

「静かにしなさい、無茶言うんじゃありません。それよりもみんなで祈りましょう、子ども達の為に」

シスター達が祈り始めた。

「僕、なんでも手伝うよ。皮膚のサンプルももっと取っていいよ」

僕は博士の研究の為なら、なんだってやろうと誓った。

5

さらに数年が経《た》ち、僕達緑化の第一世代はもう大人と言って良い歳になった。

その頃、僕達は頻繁に街中を歩いて、ストリートチルドレンに緑化の経口ワクチンを配っていた。そう、博士は本当にワクチン開発を成し遂げたばかりでなく、注射よりずっと簡単に摂取できるタブレット化に成功したのだ。僕らは、これでもうお腹が空かなくなるよと、ガリガリにやせ細った子ども達の口に、そのミント味の錠剤を一粒ずつ入れてあげた。

錠剤に含まれるウイルスは腸から吸収されて全身に行き渡り、早ければ二十四時間後には皮膚の基底細胞を緑化してくれる。ターンオーバーが一巡するひと月後には、ほぼ全身の皮膚の緑化が完了する。

僕らに植え付けられたものよりも、ずっとコンパクトにデザインされた葉緑体は、糖を作る割合を減らして、細胞のエネルギーとして直接使えるＡＴＰを効率よく合成できた。だから、感染者は十分な水を飲んで、日光を浴びれば、食べ物を全く食べなくても平気だった。厳密に言うと少しのミネラルは摂《と》る必要があったけれど、ここら辺で飲まれているようなあまりきれいじゃない水にならたくさん含まれている。

さらに特筆すべきは、このウイルスが発症者から空気感染することだった。感染力はそれほど強くないものの、弱って免疫力《めんえきりょく》の落ちている者にはよくうつる。僕らが活動を始めて数週間もすると、老人や子ども、エイズの罹患者《りかんしゃ》などを中心に広がりだし、彼らを飢餓から解放していった。

コンゴだけじゃない。緑化ワクチンは協力者達によって、世界中の飢餓国に運ばれ、緑のパンデミックが始まった。

途上国で突如発生した謎《なぞ》の感染症は、なんの痛みも伴わず、光合成という新しい能力を人間に付加するだけのものだった。まあ、元々の肌の色にクロロフィルの緑色が加わる訳で、外見的には随分変化するのだが。

このウイルスは人為的に作られたのだという噂《うわさ》が流れ、ほとんどの人がそれを信じた。これを史上最悪のバイオテロととるか、それとも福音ととるかは人によって様々で、その人の国籍や置かれた立場によって違った。緑色のタブレットとこの病気を結びつける人もおそらくいたのだろうけど、他の有象無象のデマの中にまぎれてしまったのだと思う。

支援団体のまとめた数字で見ると、パンデミック以前は八億人を超えていた世界の飢餓人口は、約六千万人に、五歳未満児の死亡数は年間約五百万人から、約二百万人にまで一気に下がった。

一方、保健機関の発表によると、緑化ウイルスへの感染者数は、最初の感染者が発見されてから三年で、十一億人にまで膨れ上がった。内訳は南・東南アジアが六億人と最も多く、サハラ砂漠以南のアフリカが三・五億人、ラテンアメリカが一・五億人で、先進諸国での感染者はフランスで二人、スペインとアメリカ合衆国で一人ずつだった。

6

緑化ウイルスが国内に順調に広まり出したのを見届けた僕達は、検疫が厳しくなる前に博士と一緒にヨーロッパに渡り、用意してもらった適当な身分——大抵は大学で医療系かバイオ系のテクノロジーを学ぶ留学生——を名乗って、それぞれ新たな人生を始めた。

新しいウイルスは、古いタイプの緑化ウイルスを持っている僕達第一世代の緑化人には感染しなかったから、上腕が隠れる服さえ着ていれば、僕達は普通の黒人にしか見えなかった。

ニコラはスイスの大学に、僕はベルギーのルーヴェンにある大学に入り、二人とも遺伝子工学を専攻した。

ベルギーは信じられないほど平和で豊かな国だった。僕はベルギー王がコンゴにした残虐《ざんぎゃく》非道を知っていたので、王家由来の建物や施設があまりにたくさんあって、あまりに立派なのには辟易《へきえき》した。だけど、花と街路樹で彩《いろど》られた中世からの街並みはおとぎの国のようだったし、マルシェやスーパーマーケットに溢れんばかりの商品があるのにも圧倒された。

最初は気圧《けお》されてばかりだった僕は、それでも自分なりに学生生活を楽しもうと努力した。ベルギーにも人種差別は少しあるものの、留学生はそう珍しくなかったし、学生達は気さくだった。僕は何度か誘われるままに、ビールを飲みに出かけたり、スポーツ・バーでVRのサッカー観戦をしたりした。でも、いつでも、僕の居るべき場所はここじゃないし、本当はこんなことをしてる場合じゃないっていう思いがつきまとって、心の底からは楽しめなかった。

バカ騒ぎをしている健康で幸せな人達。ここにいる誰一人として、飢えたことも、物乞《ものご》いをしたこともないだろう。この国の繁栄が、かつての植民地の犠牲の上に築かれていることを考えたり、飢餓国でどれだけの人が苦しんでいるかに関心を持ったりも、多分しないのだろう。

女の子とも付き合ってみたけど、僕が経験してきたことを話す訳にもいかず、上腕の皮膚を見られるのも怖くて、すぐに別れてしまった。

ちょうどこの頃、ベルギーでは、緑化とはまた別の形の、人間の植物化技術が実用化されたところだった。

早くから安楽死が合法化されたこの国では、終末医療の研究が盛んにされていて、よりＱＯＬの高い最期《さいご》を迎える為に、様々なケアの方法が編み出されていた。

幸せなベルギーの老人達は、治る見込みのない病に侵されると、いつ、どこで、どのようにして、誰に見守られながら旅立つかを、パンフレットで旅行のプランを決めるみたいにして選ぶ。そのケアの革新的な方法として、遺伝子を丸ごと書き換える「樹木化」というものが発明されたのだ。

「樹木化」は「緑化」と違い、デリバリーシステムにレトロウイルスではなく、なんと、ウイルスサイズの機械――ナノマシンを採用していた。

末期患者に投与された樹木化ナノマシンは、全身の細胞のＤＮＡを徐々に植物のものと置き換えていく。ベッドでひと月ほど過ごすうちに体は硬くなり、血管やリンパ管が維管束へと変化し、保湿シートで包んだ足先からは根が生えてくる。硬化が十分に進むと、患者は希望の土地に植えつけられて、徐々に枝を伸ばし葉をつけ花を咲かせ、二、三年もすると本物の木とほとんど見分けがつかなくなる。

初期バージョンではマロニエか西洋菩提樹《ぼだいじゅ》の二種類しかなかったものが、たちまち種類を増やして、植生の範囲であれば、大抵の樹木を選べるようになっていった。

これを死と呼べるのか、それとも第二の生と呼ぶべきなのか、議論が分かれるところだが、末期を迎えた老人とその家族達には熱烈に受け入れられた。夫婦で小高い丘の上に立つ二本の白樺《しらかば》になることもできれば、孫やひ孫が遊ぶ庭のりんごの木になることもできる。

元々、木の平均寿命は百年を軽く超え、中には樹齢千年を超えるものだってある。樹木化した人間も同じように長生きすることが見込まれた。

7

大学に入って三年目の冬のこと、珍しくアーニーが僕の携帯にかけてきた。

「どうしたのさ、アーニー」

用心の為、僕達は直接連絡を取り合わないようにしていた。博士は、いざという時は自分一人で罪を背負うつもりだったのだ。

「ゾエが亡《な》くなった」

「え？　どうして？」

「分からない。ゾエはこの夏、大学の友人と東南アジアへ旅行したんだが、帰国後何かひどく悩んでいたらしい」

「悩んで？　じゃあ……」

「うん、自殺したんだ。遺書には、ただ『本当にごめんなさい』とだけ書いてあった」

「博士は大丈夫なの？」

「大丈夫じゃないさ。ひどく落ち込んでる。君達が無事でいるか、環境に馴染《なじ》めているか、もう一度よく確かめてくれって言われたんだ。それでこうやって一人一人電話してる」

僕より少し年下のゾエは、研究所にいた中では一番勝気で、だけど優しいところもある、生き生きした女の子だった。彼女が自殺するほど悩むなんて、にわかには信じがたかった。腕を誰かに見られたのだろうか。

「僕は大丈夫だよ。大学でも、まあ、うまくやってる」

「ニコラとは最近話したかい？」

「いや、だって、連絡取り合うなって言ったじゃないか」

「そうだな。だけど、ゾエだって君らに相談できたら違ってたんじゃないかって思えてさ。異国で孤立させてしまい、申し訳ないと後悔してるんだ」

「安全の為だもの、仕方ないよ。ニコラだって元気にやってるんだろ？」

「ああ、君に会いたがってた。そろそろほとぼりも冷める頃だし、少ししたらみんなで集まろう。研究所にいた時みたいにさ。博士にも元気出してもらわないといけないし」

「分かった。楽しみにしてるよ」

ところが、それからひと月も経たないうちに、アーニーの言うほとぼりは、冷めるどころか、考えもしなかった方向に燃え広がっていたことが、分かり始めた。

8

ヨーロッパにいると、途上国で何が起きているかリアルタイムで知るのは、想像以上に難しい。もちろん大きな事件ならニュースが伝わってくるけれど、その土地の人々が何を考え、どう暮らしているかは直接行って自分の目で確かめるしかない。

僕が平和な学生生活を送り、飢餓で苦しむ人々を減らせたのだと無邪気に思い込んでいたこの数年の間に、インド、中国、パキスタン、バングラディシュ、それからもちろんコンゴを含むアフリカの大部分の国々では、緑化した子ども達が食費のかからない奴隷《どれい》として使われるようになっていた。悪質な児童労働は今に始まったことではないが、それまでとは桁違《けたちが》いに多くの子どもが、カカオや綿花の栽培、採石場や炭鉱での危険な作業などの重労働をさせられた。資料によれば、ピーク時には六億人を超える緑色の児童奴隷がいたようだ。

緑化した子ども達は、体力的には普通の子どもと変わらないが、食べなくても生きていける分、ほとんど使い捨てだった従来の児童労働者より、ずっと長く健康を保った。だから、当たり前だけど彼らは徐々に成長し力をつけていき、それが新たな火種となった。

最初の大きな暴動は、インド中部の石灰工場で起きた。

石灰窯《がま》に石炭を運ぶ作業をさせられていた百名あまりの緑色の子ども達が、見張り数名を殺して工場から脱走し、ヴィンディヤ山脈に逃げ込んだのだ。事態を重く見た政府は軍を派遣し、インド軍による山狩りが行われた。ひと月以上にわたって、子ども達は山の中を逃げ回り、動物のように狩られていった。

これを皮切りに、インド各地で似たような暴動が相次ぎ、また、暴動を恐れた農園主や工場主が、年長児達を殺してしまう事件も多発した。中国では、子どもと同じように奴隷となった大人の緑化人達が、田畑に火をつけ、アフリカでは緑化人による武装勢力が生まれた。緑化したという理由だけで殺される子どもや大人も大勢いた。

どの国でも緑化人と、普通の人との対立が日に日に激しくなり、多くの国が内戦へと突入していった。

急に堰《せき》を切ったように届き始めた血なまぐさいニュースに、僕は打ちのめされた。僕達がやったことはなんだったんだろう。博士はただ世界から飢餓を無くしたかっただけなのに。緑化が飢えた人々を救うと信じていたのに。

博士に連絡を取ろうとしたけれど繋《つな》がらず、代わりにコニーが電話をかけて来た。

「博士が樹木化したわ」

「え⁉」

僕は耳を疑った。

「みんなには秘密にしてたけど、博士はもうずいぶん長いこと癌《がん》を患《わずら》っていたの」

コンゴを出た後、一番年下のコニーだけは博士の養女となって、博士やアーニーと一緒にブリュッセルの屋敷に住んでいた。

「博士はね、レオポルド二世の子孫なのよ」

レオポルド二世とは、十九世紀の終わり頃、コンゴのダイヤモンドや天然ゴムを独り占めにした悪名高いベルギー王だ。大勢のコンゴ人をゴム農園で働かせ、ノルマを達成できなかった者の手足を見せしめに切り落とさせたと言われている。

「子孫って言っても、博士は非嫡出子《ひちゃくしゅつし》の孫の孫の孫位で、実際のところ王家とはほとんど関係ないの。それでも自分の先祖の行いを知った時、何かせずにはいられなくなったんだって」

「それで、緑化を開発したのか」

「そうなの。でも、飢えない体を作っても、この世から暴力と差別がなくならない限り、新しい悲劇を生むだけで、自分のした事は間違いだったって、すっかり元気をなくしちゃって。私、博士を止めたんだけど、もう全部処置済みで……」

「博士は、その……、どこに居るんだ？」

「山の中よ。アーニーがそばに付いてる。それでね、みんなに集まって欲しいって」

コニーに教わった通り、博士はアルデンヌの森の中に立っていた。肌はすっかり樹皮化していたが、まだ、人の形をとどめている。

「意識はあるの？」

僕はジョウロを持ったアーニーに尋ねた。

「さあな、終末ケアのパンフレットには、樹木化しても意識は残り、幸福感に包まれるって書いてあるけど、実際には確かめようが無い」

ひどくやつれて、老《ふ》け込んだアーニーは、僕を見てとても喜んでくれた。

「みんなには会ったのかい？」

「うん、すごい施設だね。一体何をするつもり？」

「今夜には、ニコラも到着するそうだから、そしたら話すよ」

僕はアーニーを手伝って、滑りやすい斜面を下り、博士が遺《のこ》したという山荘風の建物に戻った。地上は普通の別荘のようだが、地下は最先端の機材の揃《そろ》った研究室になっていた。

9

コンゴ川南岸の熱帯雨林にはボノボという霊長類が生息している。一見チンパンジーに似ているけど、ボノボは争いを好まない平和な生き物だ。やっと出会えた野生ボノボの一団は、僕の目の前で、ボリンゴという大きな果物を分け合っている。

文明の全《すべ》てが止まった後で、僕はヘリコプターの操縦を覚えた。なにしろ時間はたっぷりあったから。

上空から眺めるアフリカ大陸は美しかった。キンシャサでは、シュロやカポックの木が街中のいたるところに生えていた。車は皆、乗り捨てられ、木々はできるだけ日当たりの良い場所に立って、空に向かってそれぞれの葉を広げている。ここだけじゃない。世界中のあらゆる都市で、田舎で、農園で、鉱山で、戦場で、僕らが作って解き放ったウイルスは、緑化人も普通の人も関係なく、人類全てを樹木化した。

今、世界はとても平和だ。八十億本の新しい木は、争いも差別も飢えもなく、ただ静かにしている。

「地上からあらゆる争いと差別を無くしたい。それが博士の願いだし、僕はそれを実現させたいと思う。君達も手伝ってくれないか？」

アーニーがそう言った時、僕らは皆、賛同した。

山荘の地下に隠された研究室には、緑化ウイルスだけでなく、樹木化ナノマシンのサンプルやデータも完全に揃っていた。

「こっちも博士が作った物だったんだ」

ニコラが呆《あき》れてつぶやいた。

潤沢な研究資金がどこから来るのか、不思議には思っていたけれど、博士のスポンサーは、なんと終末ケア会社だったのだ。博士は樹木化ナノマシンの研究開発と見せかけて、緑化ウイルスもちゃっかり開発していたという訳だ。

僕達は、樹木化の機構とレトロウイルスを掛け合わせて、樹木化ウイルス——自然の樹木を中間宿主としてそのＤＮＡを取り込み増殖した後、終宿主である人間に感染して、ＤＮＡを中間宿主のものに書き換える強力なレトロウイルス——を作った。

樹木化ウイルスに、僕達第一世代が感染するかどうかは、実は不確かだった。だからって、まさか、僕だけがとり残されるとは思ってもみなかった。

ウイルスを野に放って数日後、樹木化する仲間達の傍で、僕だけにはなんの変調も現れなかった。僕は、一応こんなこともあるかと用意してあった終末ケア用の樹木化ナノマシンを自分に接種しようとした。これなら誰にでも効くはずだ。

だけどその時、ニコラが言ったのだ。もう満足に声も出せない状態なのに「リュカ、結果を見て来るんだ。世界がどうなったのか、これで良かったのか」と。

だから、僕は注射器をポケットにしまい、支度をして旅に出た。

歴史を遡《さかのぼ》ってみれば、本当は、もっとずっとマシな方法も機会も、いくらだってあったはずだ。人間は、最初の石器からたったの数百万年で、粒子加速器だの、人工知能だのを作り出す知性を持った生き物なのだから、全人類が平和に幸せに暮らす方法だって真剣に模索すれば見つけられたはずだ。

楽しそうなボノボの母子を眺めつつ、僕は上着を脱いで日当たりの良い地べたに座った。上腕に太陽光が当たり、久しぶりに光合成が始まる。コンゴの森を旅の終点にしたのは、別にここが生まれ故郷だったからではなく、ボノボが子殺しをしないと知ったからだ。

僕はここに、大小二つのボンベを運んで来た。どちらも僕一人で作ったし、臨床実験などやってないから、意図した通りに働くかどうか分からないけど、大きい方には、現在樹木化している全ての人を人間に戻すウイルスが、小さい方にはボノボの脳の進化を促すウイルスが入っている。

どちらかのボンベを開けるか、あるいはどちらも開けないか。

リュックサックに入れて来た食べ物が尽きるまでに、僕は決めるつもりだ。

第８回

繭《まゆ》子《こ》

村上　岳

村上 岳（むらかみ・たけ）
1998年、北海道生まれ。名古屋大学工学部卒業。現在会社員。

繭子《まゆこ》という女の子が本当に存在しているのか、近藤《こんどう》アキはいまいち確信が持てなかった。

近藤アキは繭子と友達ではない。話したこともたぶん数えるほどしかないだろう。高校に入学したときに同じクラスで、席がたまたま近かった。三年生になった今では文理の選択も違うから、授業が一緒になることもない。友人たちと楽しそうに話す繭子と、たまに廊下ですれ違うくらいだ。

だというのに、アキには繭子という女の子が、正確に言えばその存在感のようなものが不思議と気になっていた。廊下ですれ違ったときに彼女の小さな背中を無意識に目で追ってしまったりもした。けれど繭子に話しかけようとか、仲良くなってみようとか、そういうことは考えなかった。アキ自身が外交的な性格ではないし、繭子とその友人たちがいる場所の空気はアキが慣れ親しんだものとまるで違ったからだ。同じ制服を着ていても、アキと繭子では全く別の生き物みたいに見えた。

近藤アキは決して褒められた容姿ではない。同い年の女子の中では大柄で、太り気味だった。眉《まゆ》の上で切りそろえた前髪は固く乾いていて、いつも陰気で不機嫌そうに見えたし、事実たいてい陰気で不機嫌だった。少なからず自分の容姿を気にしてもいたが、思い切ってそれを変える動機も機会もなく、年頃の女子にありがちな恋愛の話とは常に遠いところにいた。また、そういうものを十七年で慣れ親しんだ自分の人生として、あきらめとともに受け入れてもいた。

それに比べて、繭子という女の子はすべてにおいて近藤アキと対照的だった。アキが一人で自分の席に突っ伏しているときでも彼女はいつも友人に囲まれていた。小柄でしかも折れそうなくらいに華奢《きゃしゃ》で、顔はどちらかといえばきつめだが、切れ長な目と小さな鼻は間違いなく美人の類《たぐい》に入るものだった。肩甲骨《けんこうこつ》のあたりまで伸びた髪は細く柔らかく、友人たちの手でいろいろな髪形に変えられた。穏やかで、決してよくしゃべるほうではなかったけれど、楽しそうに微笑《ほほえ》んでいる姿は一輪の花を連想させた。男子たちが彼女の噂《うわさ》をしているのをよく耳にしたし、何度か告白を受けたこともあったようだが、不思議と誰かと付き合っているという話は聞かなかった。

アキが繭子を目で追うようになったのは、初めは自分の持っていないものに対するあこがれからだったのかもしれない。男女問わず人気があり、そこにいるだけで自然に人に愛される繭子は、いつも陰気で不機嫌で、一人で本を読んでばかりいる近藤アキには別世界の住人みたいに思えた。

けれど彼女を見ているうちに、アキの胸中には小さな違和感が生じた。その違和感は時間が経《た》つにつれて大きくなり、疑いに近いものに変わっていった。それは単なる直感で、なぜそう感じたかと言われても説明できなかったが、その疑いはすでに拭《ぬぐ》い去れないほど深く根を下ろしていた。

今も近藤アキは図書室の窓越しに、校門を出た繭子の背中を見下ろしている。マフラーを巻き、秋終盤の冷たい風から逃れるように身を寄せ合う繭子とその友人たち。下校する生徒の集団の中にいる彼女を見て、近藤アキはやはり思わずにはいられなかった。

繭子の存在には、何かが不足している。

近藤アキは物理を愛している。

彼女が物理の魅力を知ったのは一年生のときの授業だった。それは体育の後で、苦手な運動のせいで湿った下着が不快だった。ほかの生徒もみな疲れ切っていて、何人かは居眠りをし、首が折れそうなほどに曲がっていた。真面目《まじめ》に授業を聞いている人なんてほとんどいなかった。

けれど黒板に向かって単調な授業を続ける先生は、そんなこと気にもしていないようだった。笹原《ささはら》、という名前の物理教師で、定年が近く、真っ白で豊かな前髪をセンターでさらりと分けている。初夏の日差しが強まるころだったが、いつものようにタートルネックのセーターで、汗一つかいていなかった。背が高く瘦《や》せていて、その長い手足を窮屈そうに折り曲げ、黒板に数式を書き連ねていくさまは、彼女に大きなバッタを連想させた。

そのとき彼が書いていたのは、短い単純な式だった。高校受験を終え、複雑な図形やうんざりするような計算問題に慣れていたアキに、それは拍子抜けするほど簡単に見えた。そのささやかな三つの数式は、チョークの粉で汚れた黒板の上に行儀よく並んでいた。

「これは落体の運動を表す式です」

笹原先生はかすれた声で言った。授業をしているつもりがあるのか疑わしいほど小さな声で、アキは彼の声を聴くために身を乗り出さなければならなかった。

「誰にも触れられず、ただ落下する物体の挙動は、この数式で表される通りに動きます。落下だけでなく、投げ上げられた物体にも適用できますし、一定の加速度がかかる運動であればすべてこの式で記述できます。また、この加速度の値をゼロにすれば、これは等速直線運動の式と同じものになります」

先生の語り口は単調で、話がうまいとはとても言えない。けれど不思議とアキは彼の話に引き込まれていた。

「世の中の物体、例えばやり投げの槍《やり》であれ、バレーボールであれ、ピストルの弾丸であれ、ひとたび空中に放たれればこの式の通りに動きます。いうなれば、皆さんがこの式を完全に理解することができれば、トスをしたボールがどこへ向かうのか、弾丸がどこに当たるのかを予測することができるわけです。この式は私たちが暮らす世の中のルールを表した式の一つです」

笹原先生はここで小さく咳《せき》をし、茫漠《ぼうばく》とした視線を生徒たちのほうに向けた。アキはその視線が一瞬まっすぐ自分をとらえたような気がして身を固くした。

「物理というのは、こういった数式の形で世の中すべてを記述することを目的にしています。皆さんの大部分にとってこの式は単なる大学受験の道具にしかならないでしょうが、もし私たちの暮らす世界について、何かわからないこと、不思議なことがあるならば、それを理解する一つの方法として、物理という手段があることは覚えておいてください」

彼が言葉を結ぶのと同時にチャイムが鳴った。笹原先生はいつものようにそそくさと荷物をまとめ、足早に出ていった。教室にはざわめきが戻り、皆思い思いに体を伸ばし、退屈な授業の不満を言い、放課後の予定について話し合った。その中でアキは黒板の隅に残された数式に目を奪われていた。

この式は私に世の中の見方を教えてくれる。私は数式で、この世界を私のものにすることができる。

それが近藤アキの人生で、物理が大きな意味を持った瞬間だった。

彼女には理論を実践するのに十分な運動神経はなかったので、体育のバレーはまるでうまくならなかったけれど、彼女は自分の周りにあるものを――それまでの彼女にとって居心地が悪く、窮屈だった世界を――紙とペンを使えば簡単に記述でき、逆に自分の理解の中に収めることができると知った。その快感は近藤アキにとって、彼女を物理学の世界へとのめりこませるのに十分だった。

だから彼女は物理研究部に入部したし、二年生の文理選択でも理系に進むのは全く自然なことだった。もっとも、繭子を含む大多数の女子は文系を選択していたから、彼女は男子ばかりの教室で少なからず孤立することになる。

けれどそれはアキにとって苦痛ではなかった。彼女は暇さえあれば本を読み、騒がしい教室の中で起こる現象の一つ一つを頭の中で数式に変換していた。金曜日は物理室に赴き、ほとんど唯一《ゆいいつ》の部員として研究に没頭した。物理研究部の顧問は笹原先生で、その長い手足を揺らしながら、いつものかすれた声で世の中にある様々な現象について、アキにその記述の仕方を教えてくれた。先生は古い畳のような匂《にお》いがして、アキは不思議と安心するのだった。

そうして近藤アキは、彼女の見聞きする世界を、彼女なりのやり方で理解しようとしていた。世界を数式と定量的なデータに分解し、ニュートンが構築した理論に当てはめて、不愉快で居心地の悪い世界を一つ一つ自分のものにしていたのだった。

その日、繭子が校内に入ってくるのを、アキは自分の教室の窓から眺めていた。彼女の心臓は緊張で高鳴っていた。

近藤アキが早くから登校することはまずない。授業が始まる前の自由時間、教室に集まる男子の集団の猿のような笑い声は彼女にとって苦痛でしかない。自分の机に当たり前のように腰かけられていることもある。無秩序な教室内では、彼女は大抵自分の居場所を確保できないのだ。

しかし今日に限っては、彼女は教室にいる誰よりも、いや、もしかすると全校生徒の誰よりも早く登校した。校務員の必要以上に大きな「おはよう!」に驚き、誰にも見られないように注意しながら繭子の教室に入り、彼女の席の背もたれに細工をし、教室を出た。登校してきた男子が不思議そうにアキの顔を見たが、彼女は目を伏せ、足早にすれ違った。そして自分の席に戻り、無意識に止めていた息を吐きだし、繭子が登校するのを待ったのだった。

そして今、校門をくぐった繭子が下駄箱《げたばこ》で靴を履き替えて、自分の教室に向かうところだろう。彼女が席に着くのは時間の問題だ。

アキはスマートフォンの画面を見た。シンプルな数字で表示された『23・5℃』は、今の教室の気温と同じはずだ。通販で買った小型の温度計は、触れるものの温度を無線でアキのスマートフォンに伝えてくれる。

画面上の数字が動いた。繭子が席に着いて、背中が温度計に触れたのだろう。徐々に上昇していく数字を、アキは息を止めて見守っていた。

『35・6℃』

数字は止まった。

制服の生地を挟んでの結果ならばこんなところだろう。近藤アキは軽く息を吐いて、背もたれに体を預けた。なるほど、少なくとも繭子には体温はあるようだ。

五時間目の授業時間中、近藤アキは保健室にいた。

アキは保健室の常連だ。昔から体が弱く、体調を崩しては保健室でよく休んでいたし、十二歳で重い生理が始まってからはなおさらだった。高校生になった今でも、保健室は彼女にとって数少ない、気兼ねなく落ち着ける場所になっていた。

今のアキの体調に問題はない。けれど彼女は隣の席の男子に、体調不良で授業を休むことを伝えるよう頼み、昼休みのうちに保健室のベッドを確保していた。

保健室の常連である彼女は、養護教諭が喫煙者であり、二時間目と五時間目に一服しに離席することを知っている。また、養護教諭はアキが来ることに慣れ、彼女の体調をそれほど心配しなくなっていることも知っていた。

保健室の扉が開き、足音が遠ざかっていったのを確認して、アキはベッドから這《は》い出た。誰かが保健室に入ってこないか、養護教諭が帰ってくる足音がしないか耳をそばだてながら、彼女は保健室を歩き回り、棚を次々に開ける。探しているのは健康管理票。学校中のすべての生徒について、毎年の健康診断の記録が書いてある。

ようやく見つけ出した戸棚には、厚紙でできた健康管理票がぎっしり詰まっていた。アキはそのうちのいくつかを引き出し、クラスと名前がどう並んでいるかを確認しながら、なんとか繭子の健康管理票を探し出した。ページを開き、記されている数字の一つ一つをスマートフォンのカメラに収めていく。身長153・7cm。体重44・8kg。数字はゆるぎないデータとして、繭子の存在を補強していく。

　足音が聞こえた。慌《あわ》てて戸棚を閉め、ベッドの中に潜り込み、カーテンを閉める。同時に煙草《たばこ》の匂いを漂わせて、養護教諭が保健室へと戻ってきた。

　とりあえず彼に見とがめられることはなかったようで、アキはほっと息を吐《つ》いた。求めていたもの、繭子の身体《からだ》についての数字はカメラに収めた。目的は果たせたといえるだろう。あとは、慌てて胸に抱え、ベッドに持ち込んだ健康管理票を棚に戻す機会があるかどうかだ。


　それからしばらくの間、近藤アキは繭子についての数値データを集め続けた。廊下を歩く速度を平均化してほかの生徒と照らし合わせ、椅子《いす》に仕込んだ電極で太腿《ふともも》の電気抵抗を調べ、髪の毛を持ち帰って力をかけ、引張強度を算出した。けれどそのどれもが、繭子は普通の女の子であり、ほかの人間と何ら変わるところはないという結果を示していた。スマートフォンの動画の中で、彼女の跳躍軌道はその初速から考えられる軌跡のままの放物線を描いた。

　積み重なっていく数値は、繭子の実在、一人の女の子として歩き、座り、跳ね、呼吸をしているという事実を認めさせようとしてきた。物理の明快で定式化された理論を信じるアキにとって、データは事実そのものであり、彼女は自分の誤りを認めざるを得なくなる。

しかし彼女の、近藤アキの直感は、徹底して繭子の実在に異議を唱えていた。その理由は彼女にもわからない。ただそう感じるだけだ。繭子の存在には何かが欠けている、繭子は自分とは何かが違うと。

これほど納得できないことはなかった。アキにとっての世界は理論とデータの中にあり、今まで一度もそれが崩れることはなかった。しかし今、繭子という女の子のせいで、彼女自身の本能的な部分が、大切に積み上げ、形作った彼女の世界を否定している。

アキの世界の見方、つまり世界を細かな事象に分割し、計測し、数式に当てはめて理解し、包括的な理論の中に組み込むやり方を貫くなら、彼女の直感が訴える声を無視することになる。けれどデータを評価し、数式を理解するのは彼女自身であって、その彼女自身の直感が否定する事実に簡単に納得できるだろうか。

けれども理論を捨て、直感に従う生き方も選べない。近藤アキはここにきて、自分が手にしたニュートン的物理世界が、自分を守る殻であり、彼女なりの世界との折り合いのつけ方であったと強く理解した。もしそれを捨てれば、彼女は生々しい感情や目に見えない人間関係のルールにじかに触れることになる。それにはきっと耐えられないし、だからこそ近藤アキは数式という殻を通して世界に触れていたのだから。

そのどちらも手放さないなら、つまりデータに誤りがなく、かつ彼女の直感を信じるのであれば、それはある可能性を示唆《しさ》する。繭子についてのデータが示すのは、

・繭子は一人の女の子として存在している

という事実であり、近藤アキの直感は、

・繭子は近藤アキと同じ人間として存在していない

と語っている。その両方が正しく、データに基づく繭子の存在が近藤アキと同じものでないならば、この世界に正しく存在していないのは近藤アキのほうなのではないか。繭子の存在を調べた結果、近藤アキは自身の非存在を間接的に証明してしまったのではあるまいか。

考えるほどにわからなくなって、アキは繭子について調べるのをやめた。それから数週間、彼女と繭子が関わることはなく、そのうちに風は冷たさを増し、帰宅する生徒たちが白い息を吐き出すようになった。

近藤アキは物理室にいた。目の前の机にある二重振り子の模型は、彼女が与えた運動量のぶんだけ揺れながら、独特のカオス運動を示していた。けれどその不思議な振動も、今のアキには大した感銘を与えなかった。

実のところ、アキは物理を、物理を通して見る世の中を信じられなくなっていた。理論や数式が彼女の直感や彼女自身を拒否しているように感じられるのだ。そのせいか、授業にも、物理研究部の活動にも、いまいち集中することができない。

彼女の思考の大部分は繭子のことで占められていた。華奢で小さな背中、さらりとした髪、切れ長の瞳《ひとみ》。恋でもしているかのように、アキ自身が確かめた彼女の構成要素が脳裏に現れては消え、アキを悩ませるのだった。

扉が開く音がして、準備室から笹原先生が入ってきた。彼はマグカップの一つをアキの前において、もう一つを持ったまま手近な椅子に座った。マグカップからはココアの匂いがして、彼女は小さく礼を言った。先生は時々温かい飲み物を淹《い》れてくれる。夏の暑い日でさえそうなので嫌になることもあるが、寒くなってきた今はその心遣いが本当に嬉《うれ》しい。アキのココアと先生が飲むコーヒー、それと先生自身の畳のような匂いが、乾いた物理室の空気に穏やかに広がる。

いつものタートルネックを着て、細長い指で振り子の模型をつつく笹原先生に、アキは半ば無意識に尋ねた。

「実験や理論で、私の予想や直感と違う事実を得たら、私は私を疑うべきでしょうか」

先生は黙ったまま、しばらく模型を触っていた。アキはきっと質問が聞こえなかったのだと思ったが、改めて聞くほどでもないので黙っていた。先ほどより少し硬くなった沈黙が流れた。

「まず大前提として」

唐突に先生が口を開いたので、アキはびっくりして顔を上げた。先生の視線は未《いま》だ揺れる振り子に固定されていたけれど、指は動きを止め、テーブルの上で組み合わされていた。

「科学と名前の付くあらゆる分野で、観察者は確実なものとして扱われます。もし観察者を正しく観察する能力のない、不安定で不確実なものと考えてしまえば、結果のすべてが無意味になってしまいますから。もし近藤さんが何か実験をし、観測をしたのなら、その結果において近藤さんは最も確実なものです」

笹原先生はアキの顔を見、少し微笑んだ。アキは頬を赤くしてうつむいた。

「それはそれとして、結果が直感と反することはおおいにあり得ます。実験に限らず、時には理論が導き出した答えに対しても、です。アインシュタインですら、量子世界の根本的な要素が確率に依存するという事実を信じることができませんでした。いずれにせよ、実験が正しく行われ、結果が正しく得られたならば、私たちはその結果を信じるしかありません。正しい結果とはつまり正しい世界の描写なのですから」

先生はマグカップを口に運び、唇を湿らせた。先生にしては珍しく、穏やかではあるが熱の入った調子で話をしている。

「そしてまた、理論とは結果があって初めて成立するものです。理論と実験、どちらが先であろうと、理論はそれを補強する結果が出て初めて正しいと認められます。言い換えれば、反証する結果が一つでもあれば、理論は正しくないものとして簡単に捨てられるのです。

失礼ですが、近藤さんは物理の理論というものが、何か絶対的なルールのように考えていませんか?」

まさにその通りで、アキは黙って目を伏せる。先生は立ち上がると黒板の前に立った。

「理論というのは、あくまで世界の現象を人間が理解するための道具にすぎません。神様からの贈り物などではなく、過去の人間が積み上げてきた一般論の集合なのです。だから例えば、近藤さんが既知の方法では説明できない事象を観測したとき、近藤さんはそれを説明する新しい理論を考えだしていいのです。それが物理学であり、世界を無理に理屈の枠に収めるのではなく、それを記述する新しい方法を編み出すのが物理学者の仕事です。量子力学や相対性理論が、古典物理学で説明できない現象を記述するために発明されたように」

アキは口を半開きにして説明を聞いていた。先生の言うことは難しかったし、量子論や相対性理論のことも詳しくは知らなかった。けれどなんとなく、彼女は自分を守る殻が、思っているほど確実で堅牢《けんろう》なものではなく、自由に形を変えられるものだと感じ始めていた。

「これは思考実験ですが」

笹原先生は黒板に絵を描いていた。描かれているのは長い髪の女の子で、アキはその絵にどことなく既視感があった。

「ここに一人の女の子がいます。彼女はあらゆる面、あらゆる物理特性において、自身の存在が正しいことを示します。彼女について観測されたデータはすべて正常であり、それらはどれも一人の女の子の存在に反するものではありません」

アキは息をのんで先生を見た。腕を組んだまま黒板に向かい合う笹原先生は、近藤アキからは白髪の生えた後頭部しか見えない。けれどアキは確信した。この人は知っている。もしかしたら、私と同じように、その実在を確かめようとしたのかもしれない。

「しかし重要なのは、本当の意味でこの少女の実在を証明する手段はないということです。一人の女の子を観測すれば得られるデータですが、そのデータが一人の少女の存在を示すというのは、あくまで経験則からしか言えません。究極的には私たちにわかるのは彼女についての観測結果であり、彼女の存在そのものではないのです」

笹原先生は黒板の女の子、まず間違いなく繭子であろう絵の横に、もやもやとした塊を描いた。そして塊からいくつもの矢印を延ばし、その先にいくつか小さな数字を書き込んだ。

「例えば、ここに何か超自然的な存在、神か幽霊か、あるいは超高性能な人工知能でも構いませんが、そういうものがいるとしましょう。この存在は自身を観測しようとするものに対し、『一人の女の子が存在している』というデータを出力します。つまり、これを見る人には女の子の幻影を見せ、触れる人には36・5℃程度の熱を感じさせ、重さをはかる人には450 N《ニュートン》弱の力を下向きに加えるのです」

先生はアキに向きなおった。

「私たちにわかるのは、一人の女の子についてのデータのみです。このとき、女の子は実在していると言えるでしょうか」

近藤アキは笹原先生の目の奥に、好奇心の光が揺れるのを見た。そしてアキ自身も、自分の中に同じ好奇心を抱えていることに気づいていた。議論は白熱し、すっかり日が暮れるまで続いた。

それからしばらくして、近藤アキはたまたま繭子と言葉を交わす機会があった。

本格的に冬になったころだった。その日は珍しく雪が、それも雨交じりの激しいのが降った。そのせいで帰りの電車が止まってしまい、アキは図書室で状況が変わるのを待っていた。窓の外では雪が積もり、地面の上に半透明の層ができる。それを視界の端にとらえつつも、彼女は読書に没頭していた。

ふと気が付くと繭子がいた。彼女はアキから少し離れた机にもたれ、コートとマフラーを着けたまま、窓の外を眺めていた。リュックサックが椅子の上に置いてあって、アキはきっと彼女も帰れないんだろうと思った。

繭子の横顔は陶磁器みたいにつるりとして綺麗《きれい》だったが、やはりそこに繭子がいることへの違和感はぬぐい切れない。けれどこの大雪の中で、彼女は不思議と世界の中に納まっているように思えた。

結局この繭子という女の子、小さくて綺麗で、近藤アキとはまるで違う女の子が本当にここにいるのか、アキの中で結論は出ていない。ただ、それはそれとして、あいまいな、答えの出ていない問題をそのまま受け入れることが今のアキにはできた。理論や数式どうこうでなく。

視線に気づいたのか、繭子がアキに顔を向けた。アキははっと体を固くした。繭子の視線は不思議そうにアキの顔を滑ったが、それも束《つか》の間《ま》で、すぐに表情を崩した。昔同じクラスだったことを思い出したのだろう。

「雪、困るね」

繭子が言った。話しかけられると思っていなかったアキはうろたえた。目をそらし、のどの奥からかすれた声で、そうですね、とだけ答えた。

それが聞こえたか聞こえなかったか、繭子はふわりと微笑んだ。正確に言えば、彼女の頬が少し持ち上がり、目尻《めじり》が下がり、誰もが快く感じる表情を浮かべた様子を近藤アキが観測して、それが近藤アキの精神に少しの幸福感と憧憬《しょうけい》をもたらしたのだった。

第9回

リンネウス

関元 聡

関元 聡（せきもと・さとし）

1970年、千葉県生まれ。東京農業大学大学院農学研究科修了。都内のコンサルタント企業に勤務。技術士（建設部門）。日本SF作家クラブ会員。トウキョウ下町SF作家の会会員。2020年「Black Plants」で第7回日経「星新一賞」一般部門優秀賞（日本精工賞）を受賞。第9回、第10回の日経「星新一賞」一般部門グランプリを受賞。アンソロジー収録作品に「ワタリガラスの墓標」（『地球へのSF』）、「月はさまよう銀の小石」（『野球SF傑作選ベストナイン2024』）などがある。

カール・フォン・リンネ（Carl von Linné）一七〇七～一七七八年

スウェーデンの博物学者、生物学者、分類学者。「分類学の父」と称される近代分類学の祖。その著書『自然の体系』において従来の動植物の知見を整理し、生物分類を科学的に体系化したことで知られる。

I

俺は今、喰われている。

痛みはない。痛覚に接続していないから当然だ。視覚はまだ辛うじて保っているが、宿主の意識はおそらくもうない。筋繊維の電気信号はしばらく前から途絶え、呼吸数も心拍数も急激に低下して、今はゼロに近い値で推移している。血中酸素飽和度は生命維持限界を下回り、じわじわと細胞死が始まっている。

宿主の視界は耐え難い痛みにぐにゃりと歪《ゆが》んだまま固まり、まるで水の中にいるようだ。黄色みを帯びた木立ちの向こうに青空が見える。宿主の体は今まさに解体されかけていて、四肢が不規則に痙攣《けいれん》して、視界は翻弄《ほんろう》されるように細かく動揺した。揺らぐ視界の中で、時々捕食者の姿が大きく映った。灰色の毛並みをところどころ血に染めて、筋肉質な背中をせわしなく動かしながら、そいつは宿主の腹に細長い顔を突っ込んでいた。俺は注意深くその姿を観察した。見たことのない生き物だった。イヌに似た、だがイヌにはない野性をまとった動物だった。

俺は宿主の左脚鼠径部《そけいぶ》に近い腸管上皮細胞に位置していた。そこが捕食者の食欲をそそる部位でない可能性もあったが、仮に食べ残されたとしても、結局順番待ちをしている他の肉食動物たちが代わりに俺を喰うことになるだけだ。いずれにしろ移動は時間の問題なのだ。

捕食者が血塗《ちまみ》れのはらわたから顔を上げて、じっと見据えるようにこちらに一瞥《いちべつ》をくれた。黒目がちの眼球がぎらりと光った。目を伏せると同時に後ろ脚に鋭い牙《きば》を突き立てられ、一瞬で大腿骨《だいたいこつ》が咬《か》み砕かれた。神経接続がぶちぶちと切断されていき、唐突に視界がブラックアウトした。俺はセンサーを格納して待機した。そう長い時間はかからなかった。数秒後には天に昇るように宿主から切り離され、乱暴に咀嚼《そしゃく》され、次いで捕食者の食道をするすると通り抜けていった。

これでいい。捕食者の胃液の中を漂いながら俺は安堵《あんど》していた。実際に組織に定着するにはまだ少し時間がかかるが、もはや移動は完了したと言っていいだろう。ほどなく俺はこの新しい宿主の一部となり、これからしばらくの間、我が身を任せることになるのだ。

*

地球上に生息する生物の種数は、既知のものだけでも約百八十万種と推計されている。だが深海や熱帯雨林の奥地など未踏査の地域も多く、実際には三千万から一億種に達すると考える研究者もいた。少なめに見積もっても、実に全体の九割もの生物がその存在すら知られず、また知られぬまま絶滅していく可能性があった。

食糧を巡る内戦や正体不明の疫病《えきびょう》に疲弊していた人類にとって、こうした未知の遺伝子資源はまさに未開封の宝くじのようなものだった。これらの発掘と有用性の評価は急務だったが、これほど科学が発達した現代でさえ、地球は余りにも大きく、生命の世界は無限の不思議に満ちていた。そして不運なことに、人類に許されている猶予《ゆうよ》はそう長くはなかった。

地球レベルの包括的な調査が必要だった。まずは先進国が口火を切り、やがて同調する国が現れた。彼らは争いあう一方で協力しあい、予算を出しあいながら、ある計画を推進した。キーワードは〝循環〟だった。それはリンネウス計画と呼ばれた。

2

移動からおよそ十七時間後、俺は宿主の心臓の傍にある結合組織に定着した。頭部の感覚器官へのアクセスも良い位置だ。俺は手早くセンサーを展開して感覚神経にシンクロした。脳波は睡眠状態にあった。隣接する細胞の核からサンプルを採取してゲノムパタンをスキャンし、宿主の種名を検索した。すぐには判明せず、新種の可能性を疑ったが、しばらく検索していくと古いアーカイブの中に該当するデータが見つかった。

ニホンオオカミ *Canis lupus hodophilax* のＤＮＡ配列がほぼ合致していた。絶滅したと思われていた肉食哺乳類《ほにゆうるい》だ。新種に定着したことはこれまでにも何度かあったが、絶滅種は初めてだった。「――これは興味深い」と俺は満足げに呟《つぶや》いた。だが驚きはしなかった。長い間彷徨《さまよ》っていればこういうこともある。

俺は記憶を漁《あさ》って最近のデータを整理した。

昨日まで宿主だったノウサギは巣立ちから一年ほどの若い雄で、死は唐突に訪れた。好奇心が強すぎたせいか、軟らかな草を求めて入った藪《やぶ》の先で待ち伏せている捕食者に気づかなかったのだ。喉笛《のどぶえ》を咬み千切られるまで悲鳴を上げる暇さえなく、死と移動は円滑に行われた。俺はそうした記憶を生体データとともに電子的に梱包《こんぽう》し、空に向けて発信した。

それ以前にも、俺は様々な生物の体を渡り歩いてきた。ノウサギの前はイネ科の多年草、その前は土壌中の微生物だった。花畑を舞う蝶《ちょう》だったことも、粘着質の巣で餌《えさ》を獲《と》る蜘蛛《くも》だったことも、そこに寄生する菌類だったこともある。深海底に蠢《うごめ》くチューブワームが霊長類の栄養供給を支えていた事実は俺を驚かせた。食物連鎖の糸は無限に絡《から》みあって果てることはない。全《すべ》ては繋《つな》がっているのだ。

だが、こうした食う食われる関係を介した生物間の移動より、呼吸や排泄《はいせつ》による環境への回帰の方がより頻繁に起こった。生物は代謝によって半年から一年で分子組成が全て入れ替わる。それは食物連鎖からの解放と同時に、地下や大気中に長い間閉じ込められてしまう可能性をも意味していた。

夜が明けた。森の中はまだ暗く、水蒸気が立ちこめていた。狼《おおかみ》はゆっくりと立ち上がり、沢に下りて冷たい水を舐《な》めた。乾いた草むらを探して排便し、小さく身震いすると、早足で歩き始めた。

俺は宿主の個体情報を確認した。壮齢の雌で、妊娠はしていないが、過去に何度か出産経験があり、そして回復不能な死の病を患《わずら》っていた。血中の酵素組成は明らかに進行性の内臓疾患の病態を示唆《しさ》していて、シミュレーション診断の結果は、早ければ一ヶ月以内に自力で餌を獲るのが難しくなることを予測していた。

珍しいことではなかった。俺にとって宿主の死は日常的な移動の機会を意味する単なる記号に過ぎなかった。俺は常に世界を巡る大きな流れの中にたゆたっている。生命とはその流れの中に生じた一瞬の渦であり、俺は渦と渦との間を行き来する一枚の葉に過ぎないのだ。長い放浪の中で、俺ははっきりとそれを理解していた。

＊

偽装には炭素原子が最も適していた。既知の生物の全てが蛋白質《たんぱくしつ》から構成され、そこには常に炭素が関与していたからだ。直径僅《わず》か〇・一五ナノメートルの筐体《きょうたい》とそこに格納する素粒子サイズのハードウェア開発は困難を極めたが、量子工学の発展といくつかの偶然がそれを可能にした。全部で二億余りの人工炭素が生態系探査機として環境中にばら撒《ま》かれ、あらゆる生物や無生物の間を動き回り、軌道上に待機する人工衛星に向けて定期的に情報を送信した。運用から一年で一千万種類の遺伝子を確認し、十年が経過してもなお、種数曲線は右肩上がりを保ち続けていた。

3

俺のメモリには古い記憶は断片的にしか残っていないから、俺が何者なのか、はっきりしたことは分からなかった。自由意思のないただの粒子に〝俺〟という自我があることの合理的な解釈もできなかった。時間の牢獄《ろうごく》に収監された受刑者である可能性が最も有り得そうな仮説ではあったが、罪状が分からぬ以上はそう結論づけることも難しく、何より俺自身がその考えを拒絶した。そのうち、俺は考えることを諦《あきら》めてしまった。

だが自分の出自を考える際にいつも思い出すことがあった。それは最も古い記憶の一つだった。当時の宿主は二足歩行の大型霊長類で、ゲノム解析結果はヒト *Homo sapiens* と表示されていた。ヒトを宿主とするのは初めてではなかったが、その個体には今までにないシンパシーを感じた。俺はその思考を完璧《かんぺき》に理解することができた。

こうした体験は初めてだった。

俺が定着した〝ヒト〟は老齢の雄で、白く四角い場所に静かに横たわっていた。俺は血管を通じて老人の中に滑り込んだ。老人の代謝は限界まで落ちており、定着には時間を要したが、やがて右耳の柔らかい部分に居場所を見つけた。

老人の瞼《まぶた》は開いていたが、口を利《き》くことはできなかった。「父さん――」と誰かが呟いた。金色の髪をした中年の男だった。彼は老人の手に自分の手を重ね、もう一つの手でその腕をこすっていた。男は掠《かす》れた声で懇願するように言った。「――頼むから、もう一度俺の名前を呼んでくれよ」

その願いは叶《かな》わなかったが、それを聞いた老人の神経繊維は強く発火し、俺はその内容を解読することができた。唇がほんの僅かに動いたが発声には至らず、誰もそれに気づかなかった。しばらくして別のヒトが老人の瞼をこじ開け、眼球を覗《のぞ》き込み、低い声で何かを告げた。それを聞いた金髪の男は老人の胸に縋《すが》りつき、声を上げて泣いた。モニターしていた生体データは急速に臨界点を超えて落ちていき、俺はこの老人が死亡したと理解した。

俺には分かっていた。老人が感じていたのは恐怖ではなかった。一つは長い闘病から解放された安堵。一つはこの男への親愛。そしてもう一つは、あの若いノウサギのような未知に対する好奇心だった。その感情には覚えがあった。俺にとって生きる意味ともいうべき強烈な欲望。あの時、俺はこの老人とそれを完全に共有していた。

老人の遺体は誰かに捕食されることなくしばらく安置された後、高温で焼却され、俺は二酸化炭素の状態で大気中に放出された。偏西風に乗って空を舞いながら、俺は反芻《はんすう》するようにあの体験を思い返していた。俺はかつてヒトだった。そうとしか思えなかった。なぜ俺の意識がこの小さな粒子の中に組み込まれたかは分からなかったが、それでも俺は、あの老人の最期《さいご》の感情が自分の存在理由を端的に表しているように思えてならなかった。死の間際《まぎわ》、意識が消えていく瞬間に老人の神経繊維から溢《あふ》れた光が、こんな文字列を表していたことを俺は思い返していた。

「カール――」と、あの時確かに老人は言おうとしていた。「――これから俺は、どこに行くんだろうな」

＊

私の名前は父がつけてくれた。十八世紀の偉大な分類学者にちなんだそうだ。父はごく普通の勤め人だったが、アマチュアながら熱心な昆虫マニアで、幼い頃からよく昆虫採集に連れて行かれた。私は父の影響を多分に受けて育った。大学で生物学を学びたいと告げた時は、父は自分の事のように喜んでくれた。

リンネウス計画は私の指導教官が関与しており、私自身も院生時代からゲノム解析の分野でサポートしていた。父は大学に残り正式に開発メンバーに加わった私と話をしたがったが、疲れ切っていた私はいつも上の空だった。だが私が持ち帰った論文を、父はよく読んでいるようだった。

「一億では足りないかもしれんぞ」生物の総種数の推計値について、ある日父は私にそんなことを言った。私は溜《た》め息《いき》を吐《つ》き、肩を竦《すく》めた。「まさか、多めに見積もっても五千万がせいぜいだと思うよ」

私たちは冬の公園を歩いていた。父は無言で首を振り、街路樹の傍に歩み寄ると、地面に落ちている枯れ葉を二枚手に取った。「見なさい」父はそれを十字形に重ねて、私に見せた。

「葉が二枚重なると、陰になる所と日の当たる所ができる。そこには温度や湿度に連続的な違いが生じる。これが多様性の源泉だ。環境が異なれば当然そこに棲《す》む微生物も異なる。微生物が異なれば、そこに積み上がる生態系は別のものとなる」

私はいくつかの証拠を示して反論しようとしたが、やめた。父は続けた。「これが三枚だとどうなる。別の種類の葉っぱだとしたら？　要素の組み合わせは無限に増えていき、それぞれが絡みあって成立する生態系もまた無限に生じる。いくつもの生態系を跨《また》いで行き来する生物だっているだろう。この公園だけでもきっと数万の生物が生息しているに違いないぞ」

それから父はにっこりと笑い、手のひらの葉を空中に放り投げた。私は黙ってそれを見ていた。父の話は科学的とは言い難かったが、それを指摘して父を傷つけるべきではないと思っていた。

4

狼は川を遡《さかのぼ》るように東に向かって歩いていた。そこはもう深い森の中で、歩みを進めるうちに地形は山岳地のそれへと変わっていった。病は確実に狼から体力を奪っていったが、それでも体中を傷だらけにしながら、滑りやすい斜面を何とか這《は》い登り、ようやく馬の背のような稜線《りょうせん》に辿《たど》り着いた。

そこは強い風が吹いていて、背の低い灌木《かんぼく》がちらほらと生えていた。その向こうに青白い山嶺《さんれい》が見えた。狼は一瞬立ち止まってそれを一瞥し、そこを目指してまた歩き始めた。

走ることはもうほとんどできなかった。呼吸は常に荒く、疲労はとうに限界に達していた。運が良いと動きの鈍い鳥や鼠《ねずみ》を捕らえることもあったが、大した量にもならず、空腹は常に付き纏《まと》った。歩きながら、狼は時々呻《うめ》くような声を上げた。いくつかの臓器は明らかな異常値を示していた。

稜線を登り詰めた先で山腹に取りついたが、狼は片時も休まなかった。夏が終わり、日を追うごとに気温は低下していき、木々は様々な色彩へと変化していった。切り立った地形は安全な通行を阻《はば》み、一日に動ける距離はほんの僅かだった。

その間にも病は着実に進行していった。瞬発力も持久力もない体で狩りをすることは難しく、もう何日も肉を食べていないせいか泥水のような便を出し、体毛が抜け落ちてカサカサとした皮膚が露呈した。

血糖値があり得ない数字を出したある日、狼は歩行中に失神して崖下《がけした》に転落した。後ろ脚の骨に亀裂《きれつ》が入り、背中に酷《ひど》い外傷を負った。目覚めたのは三日後だった。冷たい雨が衰弱を加速させ、そこから動けないまま更に一週間が過ぎた。内臓はもはや正常に機能せず、一部は壊死《えし》と腐敗が始まっていた。この宿主はもう長くないだろうと俺は考えていた。

雨上がりの静かな夜だった。

月明かりに照らされた雲が地面に近いところをゆっくりと動いていた。狼はうつ伏せになったまま目を開き、山稜にかかる丸い月を見ていた。南に明るい星が一つ輝いていた。遠くで動物の悲鳴のような声が聞こえ、すぐに止《や》んだ。

その時、狼は音もなく立ち上がり、月の光の中を悠然と歩き出した。俺は慌《あわ》ててセンサーの値を確認した。胃袋の中はとうに空っぽで、筋繊維には体を持ち上げるだけのカロリーは残されていなかった。にもかかわらず、狼は歩いていた。骨折した後ろ脚を引きずり、太い尾は誇り高く真《ま》っ直《す》ぐ後ろに伸ばしていた。月明かりを頼りに岩山を一歩ずつ登っていき、急な崖地を過ぎ、斜面全体を覆《おお》う笹藪《ささやぶ》を抜けて、再び深い森の中へと入っていった。心臓は穏やかなリズムを刻み続けていた。夜が明けて太陽が天頂に差し掛かった頃、樹林を抜けた先の丘の頂上にそれは立っていた。

とてつもなく大きな木だった。天を突くほどの大きさだった。見上げると濃緑色の枝葉がこんもりとついていて、樹皮にはごつごつと深い縦筋が入っていた。地際《じぎわ》には太い指のような根が四方に広がり、がっしりと地面を摑《つか》んでいた。辺りには芽生えたばかりであろう若木がそこかしこに生えていた。

狼は後ろ脚を引きずりながら、若木を踏まないようにゆっくりとそこに近づいていった。ようやく木の下まで辿り着くと、幹に鼻先を触れて、愛《いと》おしむようにその匂《にお》いを嗅《か》いだ。上を向き、遠吠《とおぼ》えをするような格好で大きく口を開けたが、もう声は出なかった。それから根と根の隙間《すきま》にその体軀《たいく》を埋め込むと、空気が抜けるような深い溜め息を吐き、静かに目を閉じた。

それで終わりだった。生体データは、狼の心臓が停止していることを示していた。

＊

仮想自我に関する研究は、恒星間宇宙船に搭載される技術としてほぼ実用化されていた。それは人間の意識を複製してコンピュータ上に再現する技術だったが、リンネウス計画への応用は難しいと考えられていた。

父に話したのは意図したものではなく、開発サイドの内輪話のつもりだった。それを話したことすら忘れていた。だから二年後に父の肺に悪性腫瘍《しゅよう》が見つかって、父が私を枕元《まくらもと》に呼んだ時、私は何を言われているのかさえ分からなかった。

俺は知りたいんだよ――と父は縋りつくように言った。倫理的・技術的な問題がいくつも浮かび、私は強く首を横に振った。だが、父に言えばきっとこういうことになり、結局私は拒否できないとあの時予測すべきだったのだ。父の痩《や》せた顔を見つめながら、私はそう後悔していた。

5

秋が深まり、冬が過ぎて、次の春が訪れていた。

狼の死骸《しがい》は様々な生き物によって持ち去られ、彼らの糧《かて》となっていた。俺は死の三日目には屍肉《しにく》を漁る甲虫類の体内に移動し、更にその十日後には排泄されて、無機物の形をとって土壌中に浸透していた。

ふと、俺は自分が少しずつ動いていることに気がついた。どこからかぐわんぐわんと低い音が響いていて、血管の中にいるように液体に乗って流されていた。流れは垂直に近い上向きだったから、何が起きているのかはすぐに分かった。俺は水分とともに根から吸収されて、あの巨木の中にいるのだった。

次第に流れは小川のように緩やかになり、突然、ぱっと視界が開けた。そこはもう仄暗《ほのぐら》い通導組織の中ではなく、光に溢れた青空がすぐ傍に広がっていた。眩《まぶ》しさにくらくらした。瑞々《みずみず》しい柔組織が俺を包み、その外側を取り囲むように真っ白な壁が屹《きっ》立《りっ》していた。それは花弁だった。俺は花になっていた。センサーを伸ばしていないのにそれが分かった。まるで夢の中にいるかのようだった。

やがて時が満ちた。俺は花弁を大きく展開し、世界に向けて自らの存在を表明した。すぐに運び手がやってきて、柱頭に花粉を付着して去っていった。そこからするすると伸びてきた管のような細胞が俺に接触すると、周囲は催眠から解かれたように活気づき、勢いよく細胞分裂を始めた。純白の花弁は褪色《たいしょく》してはらはらと脱落し、子房細胞は色づきながら少しずつ肥大した。蛋白質は立体構造を組み替えられて、徐々に種子の形へと成熟していった。

夏が過ぎ、秋になった。生き物たちが流した血が葉を真っ赤に染め上げていた。俺は青紫色の果実となって枝先で風に吹かれていた。周囲には自分と同じような果実が無数に結実していて、それぞれ少しずつ違う色をしていた。俺にはその一つ一つが、かつて狼だったものや、ノウサギだったものや、地球上のありとあらゆる生き物たちの断片から構成されていることに気がついた。それらは地上に落ちたり、何かに食べられたりしながら、それぞれの世界へと拡散していった。

ここは出発の場所であり、帰る場所でもあった。たくさんの循環の輪がここを中心として繋がっていた。俺はなぜあの狼がここに戻って来ようとしたのか分かったような気がした。

夕闇《ゆうやみ》が訪れようとしていた。何かが枝に留まり、俺に影を落とした。ずっと待ち望んでいた捕食者だった。そいつは俺を丸呑《まるの》みにすると、そのまま空高く舞い上がった。俺はそいつと意識を合一した。茜色《あかねいろ》の雲海が眼下に広がって、沈みかけた太陽が横から俺を照らしていた。俺は夕焼けの空を飛んでいた。頭上に星が光っていた。視界の端で自分の体を確認すると、コウモリに似た姿がそこにあった。

　俺は大海原を越えて、小さな島へと降りていった。そこにはごつごつした岩が堆積《たいせき》していて、その隙間に細長い亀裂が開いていた。俺はほとんどスピードを緩めずにそこに飛び込んだ。中は広い空洞になっていた。光はないが暗闇ではなく、群れの仲間たちの姿をはっきりと認識することができた。雌たちがいて、子供たちがいた。俺の子供たちだった。石灰岩でできた滑らかな天井の一番高いところに俺はぶら下がった。まるで楽園のように毎日が楽しく、俺は気のいい仲間や家族たちと一緒に長い間そこで暮らした。夜空を飛び、交尾をし、餌を獲り、また交尾をした。気がつくと俺は雌の胎内にいて、やがて赤ん坊となってその腹から生まれ出た。生まれてから数日後、俺は一度も外の世界を見ることなくそこで死んだ。俺の体は母親から離れて地面に落下し、そこから地下水脈に運ばれて、深く暗い地の底へと流されていった。これからどこに向かうかも分からぬまま、その先に横たわる濃密な〝無〟の気配に慄《おのの》いた。そして父や母や仲間たちの姿が視界から消え去る最後の瞬間、俺はついに自分が何者だったのかを思い出した。

俺は息を呑んだ。俺は俺だった。まるで叫び声を上げるように、これまで生きて死んできた記憶の全てを虚空《こくう》に向けて放射した。

だが、そこから空は見えなかった。ただ熱と力だけが緩やかに渦を巻いていた。

＊

衛星軌道上から眺める地球は、もうとうに本来の青さを取り戻していた。

かつて地球上にばら撒かれたミクロのしもべたちは今では半数以下に減っていたが、それでも彼らからの情報は生物の総種数が十億を軽く超えていることを示していた。

私はその全てを地上に向けて転送した。それが私の使命だった。それを受け取る人間がもう誰も残っていないことは分かっていた。

太平洋上での大規模噴火は予期されたものだったが、その正確な時期や位置までは不明だった。だから監視システムが警報を発した時、私は久しぶりに目にするその光景に慄然《りつぜん》とした。

それは千年ぶりの出来事だった。衝撃波とそれに続く大量のエアロゾルは瞬《また》く間に成層圏に到達し、そこから水平に広がって、今や地球表面のほぼ十分の一を覆い尽くそうとしていた。私はその余りの巨大さに圧倒され、またあれが現れるに違いないと確信した。

噴火口付近は真っ黒な雲に覆われていた。火山灰や硫化水素から成るその雲の向こうにオレンジ色の溶岩がたぎっているのが見えた。私は全てのレンズをそこに向け、アンテナ感度を最大にしてその時を待った。

雲の中から、それは忽然《こつぜん》と現れた。汚れた白鳥のようにも見えたが、後頭部に伸びる長い角と屈曲した翼は、まるで中生代の空にいたという翼竜の一種を思わせた。だがそれは錯覚だった。この距離でさえあの大きさに見えるのだ。概算サイズは差し渡し体長百メートル、翼開長は少なくともその倍はあった。成層圏を悠然と飛ぶその巨大な翼竜は、エアロゾルの雲の周囲をぐるぐると旋回していた。

——カール、聞こえるか。

突然、人間の声が聞こえた。想定外のことに私は驚き、だがすぐにその出所を探索した。声はあの翼竜から聞こえていた。

――俺は鳥になっている。カール、こいつは何者なんだ。新種か、絶滅種か、それすらも分からない。こいつはケイ素化合物でできた生物だぞ。全身がシリコンで構成されているんだ。俺は炭化ケイ素の外皮にいる。こんな硬い外皮、一体何の役に立つっていうんだ！

喚声とともにリンネウスのＩＤが届いた。やはり声はあの中にいる人工炭素から送信されているらしい。だがカールとは誰のことだろう。私は一瞬だけ自分がカールであった可能性を検討し、すぐに棄却した。人間だった頃の名前など覚えているはずがなかった。

翼竜は緩やかな螺旋《らせん》を描きながら、徐々に高度を上げていった。もはや酸素などほとんどない高さだった。上昇に伴い灰褐色の体は次第に変色していき、目映《まばゆ》い黄金色《こがねいろ》に輝き始めた。

――信じられない。地球がすぐ真下に見える。海も陸も見える。星がある。何てこった、俺が宇宙にいるなんて！

声の主を乗せたまま、翼竜は既に衛星高度に達していた。長い頸《くび》を振って身動《みじろ》ぎのような仕草をした。一瞬大きく輝きを増し、それが収まる頃には翼が四枚に変わっていた。嘴《くちばし》を開けて何かを大きく吸い込むと、翼竜は四枚の翼を交互に羽ばたかせながら、漆黒の闇に向けて勢いよく跳躍した。

——俺は飛んでいる。宇宙を飛んでいる。

翼竜は徐々にスピードを増し、地球の重力圏から離脱しようとしていた。進行方向には木星があった。千年前と同じその目的地に向かって、翼竜は四枚の翼いっぱいに太陽風を孕《はら》みながら、みるみるうちに音速を超え、第二宇宙速度を超えて、今や太陽系を渡る宇宙船となって疾走していた。

——ああ、星が動いている。すごい速さだ。もう地球があんな遠くに見える。カール、この連鎖はどこに繋がっているんだろう。なあカール、教えてくれ、俺は、俺たちは、一体どこから来て、どこへ行くんだろう！

声は悲鳴のようにも、歓喜のようにも、驚嘆のようにも聞こえた。その感情に奇妙な懐《なつ》かしさを覚えた。それは輝くばかりの好奇心に満ちていて、その声の主が本当は誰だったのか、私には分かっているような気がした。

私は声の主が見るだろう生命の姿を想像して、しばらくぶりに心から愉快な気分になった。いつしか翼竜は木星と重なる小さな光の点に変わっていた。宇宙の彼方《かなた》から届く声はいつまでも私のアンテナに響き続け、少しずつ小さくなっていき、やがて消えた。

第10回

楕円軌道の精霊たち

関元 聡

世界の初めにはただ海だけがあった。カヌーに乗ってその上に浮かんでいたティキ神が、海の底から陸地を釣り上げ、島々を作った。

——ポリネシア神話

I

海からの風が午後の日射《ひざ》しを和らげる。背の高い椰子《やし》の木のてっぺんまで登り、水平線に目を凝らすと、なだらかな島々に囲まれた礁海《ラグーン》に真っ白なボートが浮かんでいるのが見えた。あれは父さんの船だ。日本製の十五馬力エンジンを積んだ自慢の船。

そういえば、今日は曳《ひ》き漁でツムブリを狙《ねら》うと言っていた。

梢《こずえ》から森に目を落とすと、少し離れた羊歯《しだ》の茂みがさがさと揺れた。妹のハナが草の実を潰《つぶ》して顔に塗っているのを見つけて、カジは大声を出した。

「ハナ！」

ハナは眩《まぶ》しそうに丸顔を上げた。「にいに、見て」と満面の笑みを見せる。「あたし、まじょ」

妹の顔に出《で》鱈目《たらめ》にのたうつ紫色の筋を見て、カジは大笑いした。

魔女というより芝居小屋でみたピエロみたいだ。もうすぐファッカラのお祭りだから、きっと祭り化粧のつもりなのだろう。でもプアプアホオズキの実の汁は粘り気があって落ちにくい。無邪気に笑っているハナの顔を見ているうちに、ふと本物の魔女が――母さんが見たらどんな顔をするかと思ってカジはまた噴き出してしまう。

潮風に葉がそよいだ。カジは猿のような格好で椰子の実に手を伸ばす。

毒蛇も猛獣もいないこの島では、子供も鉈《なた》一本持たされて森の恵みを探してくるよう言い付けられる。今日の仕事はココヤシの実を集めてくることだった。それと妹の子守り。もうあと何年かすれば、カジは父さんの船に乗って漁の仕方を覚えなければいけないし、ハナも母さんの跡を継いで巫女《みこ》になる勉強を始めることになる。それがこの島の当たり前だ。ずっと昔から続いてきたプアプア島の決まり事だ。

森を出る頃にはもう陽が傾いていた。椰子の実で一杯になった籠《かご》を背負い、ハナと手をつないでサトウキビ畑の道を歩いた。途中でルカ婆《ばあ》の養鶏小屋に寄る。凶悪な目つきの鶏が何羽もいるので、ハナはちょっと苦手だ。

ルカ婆はいつものように赤い花柄のワンピースを着てテラスの椅子《いす》に座っていた。頼まれていたパンダヌスの粉を渡すと、お返しに卵を五つ持たせてくれて、明日もお願いねと皺《しわ》だらけの顔でゆったりと笑った。若い頃のルカ婆は島一番の踊り手だったらしいが、足を悪くして以来、ずっとこの小屋で暮らしていると聞く。

夕焼けが綺麗《きれい》だった。

浜に出ると同級生のエティがいて、くちゃくちゃとビンロウを噛《か》んでいたので一つ貰《もら》った。ハナは奇声を上げながら波打ち際《ぎわ》を行ったり来たりしている。砂には海亀《うみがめ》の這《は》った跡がいくつも残っていた。今は産卵の季節なのだ。でも次の大潮にはこの辺りまで海水が押し寄せ、そうなると亀の卵はもう孵《かえ》らない。

「なあカジ、あれは本当なのか？」

学校やお祭りのことを一通り話した後、神妙な顔でエティが言った。

「ここが……海に沈んじまうって」

カジは思わず下を向いた。「知らないよ」と小さな声で答える。「僕に分かるわけないだろ」

「でもみんな噂《うわさ》してる。島長《オサ》なら何か知ってるんだろ」

カジのおじいはこの島のオサで、相談事は大抵おじいの所に集まる。おじいは物知りだし、外国にも知り合いが大勢いるからだ。けれど、おかしなことが起こっていることはみんな気がついていた。ファトゥさんのタロイモ畑で塩水が噴き出したとか、砂浜が少しずつ縮んでいるとか、この島の誰もが知っていることだ。

「親父《おやじ》に聞いたんだ」エティの声は上ずっていた。「魚がだんだん獲《と》れなくなってきたって、潮の流れが変わってきたからだって」

「そうかもしれないけど、でも……」

でも――カジはどう答えればいいか分からない。海にはまだ魚も貝も一杯いる。だから平気なはずだ。今は、まだ。

ハナが戻ってきた。海で洗っても頬《ほ》っぺはべっとりと紫のままだ。カジはタオルでハナの顔を拭《ぬぐ》ってやる。

「エティの言ってることは分かるよ。でもプアプアは大きな島だし、今すぐにどうにかなるってわけじゃない。それに偉い学者さんたちがどうすればいいか考えてくれてる。おじいも大丈夫だって言ってる」

あの時、おじいは確かにそう言った。儂《わし》らのせいじゃない――と疲れた声で洩《も》らしていたのを覚えている。

――いいか、カジ。プアプア島はいずれ消えてなくなる。十年後か、百年後かは分からん。でも、もう元には戻らんのだ。

いつか——島が沈む。

だからカジには分かっていた。それはおじいだけでなく、世界中の誰もが知っている確定した未来なのだ。もう手遅れなんだ——と、おじいはいつもよりずっと低い声で呻《うめ》くように呟《つぶや》いた。でも大丈夫だ、儂らはどこでだって生きていける。

透き通った夕空を瑠璃色《るりいろ》の蝶《ちょう》がひらひらと飛んでいる。それを追いかけて、ハナはまた海の方へ駆けていった。

「おじいも大丈夫だって言ってる」

妹の背中を見つめながら、カジはそう繰り返した。

2

緩やかな震動で目を覚ますと、金色の海面が目に入った。

飛行機の窓から望む海がそれまで見ていた夢の景色と混濁して、一瞬、自分がどこにいるのか分からなくなる。

「おはよう、にいに」ハナがくすくすと笑った。「ほら、もうすぐプアプアに着くよ」

ハナと会うのは久しぶりだった。流暢《りゅうちょう》に英語を話していることに少し驚く。もちろん島で暮らしていた時間より居留地での生活の方が長いからだ。海も森もないあの砂漠の町で、ハナはずっと一人で暮らしてきたのだ。

ハナのAI代理人サービスからカジのオフィスに連絡があったのは一週間ほど前だ。メールを見てすぐボストンを発《た》った。飛行機とバスとチャーターした四駆を乗り継いで、オーストラリアのど真ん中にある旧プアプア島民居留地でハナを拾い、ようやく赤道直下のこの島まで辿《たど》り着いたところだ。だがまだしばらくは大学に戻れない。教授会で問題にされる可能性があったが、覚悟はしていた。

全《すべ》てはハナをここに連れてくるためだった。それが唯一《ゆいいつ》、兄としてハナにしてやれることだからだ。

飛行機は海上に浮かぶプアプア国際空港に到着した。海底連絡路を通って島に渡る。エレベーターで地上に出て、検疫《けんえき》ゲートをくぐるとそこはもうプアプア島の域内だった。風のない街路を制服の職員たちが足早に通り過ぎ、どこからか金属が擦《こす》れるような機械音が聞こえてくる。

そっと息を吸ってみても、懐《なつ》かしい匂《にお》いはしなかった。

「信じられない」とハナが呟いた。「ここが、あのプアプアだなんて……」

振り返ると、目の前に高さ十メートルはあろうかという垂直の壁が屹立《きつりつ》していた。壁は緩やかなカーブを描きながら外海の海岸線に沿って長く延び、そのまま島々の周りをぐるりと囲んでいる。

「防潮壁だ」壁を見上げながらカジは言った。「おじいが決断したんだ。形だけでも、この島を残すためにね」

「でも、これじゃあ夕日が見られないじゃない。それに漁に出た船はどうやって島に戻ればいいのよ」

カジは首を横に振った。ハナは知らないのだ。それとも記憶が欠落しているのか。かつて真珠のネックレスにも例えられた珊瑚礁《さんごしょう》の島——プアプア共和国は、今は国としての実体はない。白骨のような島の遺骸《いがい》としてただそこに存在するだけだ。

この土地の全ての権利を買い取り、膨大な予算を投じて周囲を壁で囲んだのは北半球の巨大資本だ。島民は皆、僅《わず》かな金と家財を持ってとうに国外へ移住した。だから漁船など一艘《そう》たりとも残っていないのだ。

そして今、森は伐採され、海岸は全て同じ傾斜角のスロープとなって抗劣化プラスチックで舗装されている。窓のないメタリックな建物がいくつも立ち並ぶ光景は何かの化学プラントを思わせた。やけに澄み切ったラグーンの海水はつんと薬品の匂いがして、外海と潮の行き来ができずに低酸素化が進んだ水質では魚も貝も棲《す》むことはできない。もちろん、人も寄せ付けない。

「あそこに俺たちの家があった——はずだ」

いつか歩いたサトウキビ畑の道の先は滑らかに整地され、雑草一つない空き地に変わっていた。そこは昔、小さな集落だった。傍には大きな常緑樹が生えていた。防風林として台風や高潮から集落を守ってきた樹齢数百年ともいわれるガジュマルの木だ。ジャングルジムのように枝を張り巡らしたその巨木に、ハナと一緒に何度登ったことか。

「隣にはニーナ叔母の家があった。広場の向かい側がエティの家、その奥に公民館と小学校。覚えてるだろう」

「うん、でももう何もないのね」ハナが静かに答えた。「それでも海の底に沈むよりはまし。そうでしょ、にいに」

ラグーン側の浜辺に下りて波のない海を見渡すと、沖の方に鉛筆を三本束ねたような象牙《ぞうげ》色《いろ》のタワーが見えた。甲高い機械音はそこから聞こえているらしい。タワーの下からラグーンの水面を這うようにチューブ状の回廊が延び、向こう岸に消えている。

カジは天を仰ぎ、目を凝らした。

遥《はる》か空の一点とタワーの頂点とを繫《つな》ぐように、真《ま》っ直《す》ぐな糸のようなものが薄《うっす》らと見える。夕陽を浴びてきらきらと光っているそれは、宇宙から垂れ下がるカーボンナノチューブの蜘蛛《くも》の糸だ。

「あれが……世界初の軌道エレベーターなのね」とハナが呟いた。

カジは頷《うなず》いた。

そう、あれがプアプア宇宙港だ。そしてあれこそが、沈みゆく運命だったこの島が世界に残ることを許されたただ一つの理由だった。科学の枠と人間の欲望はこの赤道直下の島に凝縮している。人類は楽園を一つ失った代わりに、宇宙へと至るヤコブの梯子《はしご》を手に入れたのだ。

カジは薄く微笑《ほほえ》み、また空を見上げた。

「行こうハナ、まだ先は長い」

3

——満天の星空に火柱が上がり、炎が一瞬、天の川を炙《あぶ》る。褐色の躰《からだ》をしなやかに揺らしながら、豹《ひょう》のような女たちが炎を巡り、男たちが音楽を奏《かな》でる。叩《たた》きつけるドラムのリズム。竹笛の甘やかな音色。誰かの歌が聞こえてくる。遠くの海鳴りのような、椰子の木の葉擦《はず》れのようなその声は闇《やみ》の奥から響いている。それは魔女の声だ。人々の心を乱し惑わす魔性の声。極楽鳥の羽根で作った髪飾りをつけ、顔中体中に色鮮やかな紋様を浮かべ、やがて姿を現した古《いにしえ》の魔女は神の使徒たる龍《りゅう》に変じて天を舞い、歌を捧《ささ》ぐ。鳥たちが、虫たちが、魚たちがそれを聞く。星々がそれを聞く。また火柱が上がる。魔女の歌は祈りとなって空と海に共鳴し、天の果てまで響きわたる。

父なる神よ——と魔女は歌う。

ティキ神よ、どうか——。

4

ぶーんと通電する音がして、肘《ひじ》掛《か》けから僅かな震動が伝わった。

バーチャルウィンドウに外の風景が浮かび上がる。昇降機《クライマー》の壁に沿って環状に配置された客席のそれぞれにも同じ景色が映っている。

クライマーはゆっくりと離陸した。ホログラムメーターが速度と地上からの距離を表示している。スピーカーから合成音声が聞こえた。安全のため指示があるまで席をお立ちになりませんように——と英語と中国語、その他いくつかの言語で注意事項を繰り返す。

防潮壁を一瞬で越え、沈みかけた夕陽がまた顔を出した。薄い雲の層を過ぎると空は次第に暗色を帯びていき、茜色《あかねいろ》の混ざる薄青から群青《ぐんじょう》へ、そして漆黒へと変わる。飛行機が遥か下を飛んでいた。ふいに座席に体を押し付けられるような加速度を感じ、メーター表示が跳ね上がった。成層圏を越えて大気の最外層部へ達するにつれ、窓の外に見えていた水平線の丸みがあっという間に球体のそれへと変わっていく。ふと、上下の感覚が消失した。大地の束縛から解き放たれ、自分が一つの天体となって地球と正対している感じ。目眩《めまい》にも似たこの感覚が、カジは好きだった。

ケーブルの先の太平洋に目を凝らしたが、昼と夜の境目辺りにプアプア環礁のドーナツ形は見えなかった。代わりにオセアニアの島々が、やがて巨大なオーストラリア大陸が視界を占める。反対側の水平線は夜の果てに溶け込んで見えない。

半月のような地球が目の前にあった。海と陸と大気の全てがそこに凝縮されていた。これまでにも宇宙に出たことは何度かあったが、地球儀とは全く異なる圧倒的な質量を感じて、カジはいつも見入ってしまう。

「何だか不思議」とハナが言った。「こうして地球を見下ろしてると、自分が神さまにでもなったみたい」

そうだな、とカジは答えた。

そんなふうに思うことは確かにある。そしていつも思う。自分が本当に神さまだったら、あの時、沈みゆく故郷を救えたのに、と。

「そういえばお前、小さい頃に魔女になりたいって言ってたな」カジはにやりと笑った。「母さんの真似《まね》をして、よく顔に草の実の汁を塗って遊んでただろう」

「そう思い込んでたの。母さんのこと、本当に魔法が使えるんだと思ってた」

母は島の守り神であるティキ神に仕える巫女だった。といっても、それは年に一度のファッカラ祭の時だけのことだ。普段の母は、畑を耕し、貝を拾い、子供たちを愛する普通の母親だった。

「母さんみたいになりたかったの。綺麗にお化粧して、みんなの前で歌うの。それが私の夢だったのよ」

父も母もあの居留地で亡《な》くなった。島を出た人々の多くが罹《かか》った流行《はや》り病だ。カジが生き残ったのは偶然に過ぎない。

カジは父の船に乗って漁師になるつもりだった。父もそれを望んでいたはずだ。けれどそれは叶《かな》わなかった。日本から来たNGOに才能を見出《みいだ》され、十九歳で島を出た。

すぐにアメリカに渡り、導かれるまま学問の道に進んだ。その先で出会った沢山の恩人たちがカジの人生を変えてくれた。そしていつしか船に乗ることも木に登ることも忘れ、気づけばもうすぐ五十歳になる。

「おじいは立派なオサだったんだ」窓の外を見つめながらカジは言った。

「島の水没が避けられないと分かった時、おじいはオサとして精一杯のことをしたんだ。軌道エレベーターが俺たちの島を奪ったわけじゃない。おじいはただ、プアプアの人々が帰ることができる場所を残そうとしただけだ。軌道エレベーターは、そのための手段に過ぎない」

「……どういうこと？」

ハナが怪訝《けげん》そうな声で訊《き》く。カジは少し考えて、続けた。

「あの時、おじいは一つだけ条件を付けたんだ。プアプアを諦《あきら》める代わりに」

島を出る時、おじいからその話を聞いた。儂はここに残る。儂にはみんなを守る責任があるんだ、と。

カジはホログラムペーパーを呼び出し、そこに大きな丸と、隣に小さな丸を描いた。地球を巡る人工衛星を模した図だ。

「知ってるか？」カジは顎先《あごさき》を軽く擦《さす》った。

「軌道エレベーターを建造する時、まず地上から三万六千キロ先の静止軌道に人工衛星を投入し、そこから地上に向かってケーブルを垂らすんだ。釣り糸みたいにな。その際、衛星の重量バランスをとるために反対方向にもケーブルを延ばさなければならない」

カジは小さな丸から地球方向に線を引き、次いで反対側にも線を延ばした。軌道エレベーターのケーブルだ。その全長はおよそ十万キロ。地球と月の間の四分の一にもなる距離だ。

カジは反対方向に引いた線の先端に小さな点を打った。

「ケーブルの先端には、〈カウンターウェイト〉と呼ばれる重りがついている。重金属の塊だよ。でもただの重りじゃない。それはケーブル全体の真直度や張力負荷をリアルタイムでモニターし、自動制御で適正バランスを維持する精密機器なんだ。軌道エレベーターシステムの中で最も重要な〝要石《かなめいし》〟といってもいい」

ハナは黙って聞いている。カジはつい学者口調になってしまったと気づき、少し砕けた言い方に変えた。

「カウンターウェイトの中には部屋がある。大人が四、五人も入れば一杯になっちまう小さな部屋さ。だがな――そこは、国連にも認められたれっきとしたプアプア共和国の領土なんだ。それがおじいの付けた条件だった。分かるかハナ、プアプアはまだそこにある。そしておじいは今でもそこにいる。プアプア最後のオサとして」

「おじいが……宇宙に……」

「ああ」カジは深く息を吐き、椅子の背にもたれた。

「覚えてるかハナ、もうすぐファッカラの祭りだ。おじいはそこで、お前が来るのを待っているんだよ」

5

静止衛星ステーションで一旦《いったん》降りて、カウンターウェイトに行くためのメンテナンス用小型クライマーに乗り換えた。

他に旅客のいない静かな旅だった。途中、ステーションから火星へ向かう宇宙船が見えた。宇宙で見る新型イオンエンジンのプラズマが美しい。あの技術には確か自分が関わった理論も応用されていたはずだ。

昼と夜を数回繰り返した後、太陽光パネルを広げた銀白色のラグビーボールが見えてきた。あれがカウンターウェイトだ。クライマーはケーブルに沿ってしずしずと進み、ゆっくりとそこに吸い込まれていく。遥か遠くにすっかり小さくなった地球が見えた。今は夜の側だ。

カウンターウェイトの中に入り、クライマーから降りるとすぐに国境ゲートがあった。ゲートにはプアプア共和国の国旗が掲げてある。月と星と海を象《かたど》った三角の国旗。

カジは息を吐き、ゲートを開いた。

中は白い壁に囲まれた半球形のドームだった。中央に制御台《コンソール》が墓石のように立っている。カジは認証コードを入力し、VRシステムを起動した。備え付けの専用ヘッドセットを装着する。

すると、周囲の壁が液体のように揺らぎ、ぼんやりと色づき始めた。

琥珀色《こはくいろ》の空と濃い緑色の森がぼうと浮かび上がった。砂を洗うさざ波の音が聞こえ、潮の匂いのする風の中を海鳥たちが群れをなして飛んでいく。

プアプア島の、あの夕暮れだった。

「すまなかったな……ハナ」

空の色を映して揺れる波間を見つめながら、カジは呟いた。

「お前が死んだと聞いた時、俺にできることはもうこれしか残っていなかったんだ。お前にはずっと寂しい思いをさせてしまった。でもそれももう終わりだ。おじいはこの中にいる。父さんも、母さんもだ。この中にプアプア島の全てがある」

水平線のすぐ上に舟のような細い月が浮かび、陽が沈んだばかりの暗い浜辺に、痩《や》せた鷺《さぎ》のような老人が立っていた。

「おじい――」カジは老人を呼んだ。懐かしいおじい。日に焼けた顔に刻まれた深い皺と短く刈った白髪頭。丸眼鏡の奥の眼差《まなざ》しは鋭く、優しい。

「よく帰ってきたな」おじいは答えた。「――二人とも、こっちへおいで」

カジは頷き、自分の頭にそっと触れた。

「ハナ、少しだけ我慢してくれ」

カジは側頭部のコントロールパネルを操作して、ハナの人格を再現しているアプリケーションをシャットダウンした。脳の拡張領域に保存されているハナのパーソナルデータをメモリーカードにダウンロードし、数秒後、それを目の前にあるカードスロットに滑り込ませる。

たった二テラバイトの小さなカードにハナの生涯の全てが詰まっていた。四十六年の経験と記憶。そして感情。それは死後間もないハナの拡張脳から拾い集めたライフログだ。パスワードは生前に聞いていた。だからハナのアイデンティティはそこから全て再構築できる。

にいに――と澄んだ声がした。

目を上げると、おじいの隣に、美しい褐色の乙女が立っていた。カジが島で見た最後のハナだった。手足はほっそりと長く、緩くウェーブした黒髪に真っ白なプルメリアの花飾りをつけている。居留地で見た亡骸《なきがら》のハナではない。あの日の、十六歳のハナの姿だ。

謝らなくてもいいのよ――とハナは静かに微笑んだ。だって、にいにのせいじゃないんだもの――。

島に夕闇が降りようとしていた。弓なりの浜の向こうから、潮風に乗って軽快なドラムのリズムが響いてくる。

カジは思い出した。そうだ、今夜はファッカラのお祭りだったんだ。

行こうよ、にいに――。

小さな子供の姿になったハナが、けらけらと笑いながら珊瑚の浜を走っていく。カジは頭の芯《しん》が痺《しび》れるような気持ちでそれを見つめ、すぐに後を追いかけた。涼やかな風が吹き、冷たい波が二人の足元を優しく撫《な》でる。久しぶりだな、カジ、元気だったか――。振り向くと傍にエティがいた。カジは喜びの声を上げた。少年時代のエティ。見知らぬ土地で死んだエティ。二人は笑い合い、小鼠《こねずみ》のようにサトウキビ畑の道を駆けていく。

ガジュマルの木の向こうには、もう沢山の人が集まっていた。広場の中央でめらめらと炎が燃えていた。その周りに輪を描くように女たちが踊っている。赤い花柄のワンピースの裾《すそ》をはためかせて踊るのはあのルカ婆だ。カジを見て手を振っている。カジも手を振り返す。隣でファトゥさんが竹笛を吹いている。グァバ農園のテハウさんも、エビ漁師のマーウルさんもいる。カジは息が詰まりそうになった。みんな、懐かしい人ばかりだ。

ドラムを叩いているのは父さんだ。父さんの顔は火に照らされて朱に染まり、はにかんだ表情でこちらに小さな笑顔を向けた。無口で、滅多に笑うことのなかった父さん。ずっと前に死んだ父さん。おじいも、ルカ婆も、ファトゥさんもだ。だからこれは現実ではない。吐息を感じるほどリアルでも全ては幻に過ぎないのだ。ここはプアプアの民が最後に行き着く約束の場所。世界中に散らばった先で命を落とした島民たちのパーソナルデータがこの部屋に集積されているのだ。

「にいに、見て」とハナの声が聞こえた。「あたし——魔女」

振り返ると、巫女の姿になったハナが立っていた。

極楽鳥の羽根をあしらった髪飾りは母さんから受け継いだものだ。顔には鮮やかな祭り化粧が施されていた。それは正式な巫女にだけ許される紋様だ。頬から顎にかけて鳥と虫と魚のシンボルが、額には大きく手を広げたティキ神が描かれている。

ハナは両手を高く掲げ、伸びやかな歌声を天に捧げた。神々を讃《たた》える歌だった。音楽に合わせて全身を揺らし、軽やかに足を踏み鳴らす。そこへ不思議な歌声が重なった。人ならぬ声、精霊の声。歌っているのはハナだけではない。よく見るとハナの隣に同じくらいの背丈の何かがいた。それが影のように踊っている。カジは息を呑《の》んだ。本物の魔女がそこにいた。

それは――母さんだった。

ハナと母さんは揃《そろ》って炎の前に立ち、祈るように手を合わせた。叶わなかった家族の姿をカジは瞬《まばた》きもせずに見つめた。二人の声は夜の奥に溶けていき、星空はいっそう輝きを増した。

その時、仮想空間全体がぐらりと揺らいだ。

星々の光が反射して、海面がぎらぎらと輝いた。気がつくと天の川に大きなカヌーが浮かんでいた。そこに、全身に刺青《いれずみ》を施した褐色の巨人が立っていた。どことなくおじいに似ている。だがカジはすぐに分かった。それはティキ神だ。プアプア島を――世界をお創《つく》りになった全知全能の神。この島に生まれた者なら誰もが知っている万物の始祖。

燃えさかる炎の周りで人々は歓喜に震え、口々に神の御名《みな》を呼んだ。ティキ神は漁師の姿をしていた。爛々《らんらん》と輝く緋色《ひいろ》の瞳《ひとみ》で天の高みから人々を睥睨《へいげい》し、銀の釣り竿《ざお》を取り出して糸を垂らした。かつてティキ神はその豪腕によってプアプア島を海の底から釣り上げたという。それはティキ神にしかできない聖なる御業《みわざ》だ。

夜空に映し出された巨大な神は、やがて上体を大きく反らし、両腕に渾身《こんしん》の力を込めて竿を立てた。膚《はだ》を覆《おお》う無数の刺青が極彩色に光り輝き、銀の竿は三日月のように強くしなった。

大地が歓声に満ちた。ドラムがさらにビートを上げ、人々の鼓動とシンクロする。カジは目を見開いた。闇を貫いていくつも火柱が上がった。仮想空間が熱を帯び、泡を立てて沸騰《ふっとう》する。空と海が混ざり合い、星々が渦を巻き、稲妻のように龍が駆ける。銀の竿がさらにしなる。死者たちは魔女の声に心を重ね、踊り、歌い、祈る。

〝おお、父なる神よ、どうかもう一度、我らにプアプアを与えたまえ――〟

炎が天に届き、目映《まばゆ》い光が世界を照らした。

そして、神の声が聞こえた。

6

八月某日未明。カウンターウェイト内の電圧が急上昇し、ケーブルの張力を保つための牽引《けんいん》システムが暴走した。原因は不明。事故から一箇月余りが過ぎた現在、未《いま》だ手掛かりすら得られていない。

カーボンナノチューブが耐えうる最大応力を超えて強く牽引されたため、静止衛星ステーションの外側約二百キロ付近でケーブル主軸が断裂。軌道エレベーターは重量バランスを失い、およそ七十時間後に静止衛星を含む数千トンの質量ごと倒壊した。死者・行方不明者は多数。構造物の多くは大気中で燃え尽き、または洋上に落下したが、一部はオーストラリアやインド、中南米でも確認されている。

一方、カウンターウェイトを含むケーブルの上半分は、ハンマー投げの鉄球のように地球の重力圏から投げ出され、現在、金星方向に向かって飛行中である。観測データに基づく最新の軌道計算結果によれば、約千日周期で太陽を巡る楕円《だえん》軌道に乗ったと推定された。それは今、薄明の空の中で見ることができる。長い尾をひき、朝日の光を浴びてきらきらと輝くその姿は、まるで天翔《あまが》ける龍のように見えるという。

祭り囃子《ばやし》は止《や》むことなく、数百人の精霊たちを乗せたまま、プアプア島は今日も楕円軌道を回り続ける。

そこは、永遠に沈むことのない彼らの故郷の島である。


〈註〉

軌道エレベーターの構造については、株式会社大林組の「宇宙エレベーター建設構想」(二〇一二年)によるモデルを参考とした。またライフログのデータ量については、マイクロソフトリサーチのゴードン・ベル氏による試算(二〇一〇年)に基づき、データ圧縮技術の発達等を踏まえて作者が想定した。

第11回

冬の果実

柚木理佐

柚木理佐（ゆずき・りさ）
1971 年、山梨県生まれ。中央大学文学部卒業。図書館情報学を専修。現在は東京都在住。経理事務員として働きながら執筆活動を行う。2022 年「彼女が愛した一冊の本」で第 3 回フルオブブックス文学賞最優秀賞、2023 年「花の姿」で第 19 回深大寺恋物語最優秀賞を受賞。

吹雪は既に二週間、八月の街に居座っていた。

「体調はどうだね？」

青いセーターにくたびれた白衣。いつもと変わらない格好で僕を迎えた博士は、また少し痩《や》せたようだった。

「元気ですよ。まあ、あまり変わらないという意味で」

力なく掠《かす》れた我ながら情けない声で、僕は答えた。

「午後にならないと満足に動けないので、仕事は昼過ぎから深夜のシフトにしてもらっています。診断書を書いていただいて助かりました」

「無理をせず、おいおいな」

そこで博士は小さな咳《せき》ばらいをした。パソコンの画面に目をやる表情はますます暗い。

「血液検査の結果を見たが……期待していたほどの効果は見られなかった」

「そうですか」

僕は三ヶ月前から、博士がプロジェクトリーダーを務める治験に参加していた。数値が改善されなかったということは、新薬が効かなかったということだ。

「効果が得られた人もいるんですか？」

「およそ六割に症状の改善、もしくは進行停止が見られた」

「それは、良かったです」

僕は心から言った。治験の結果は多くの患者に希望を与えるだろう。

「君には残念な結果となったが……」

「大丈夫です。治験に参加させてもらえて感謝しています」

「むろん、これからも私は君の主治医だ。いつでも相談に来てくれ」

「ありがとうございます」

椅子《いす》から立ち上がろうとした僕を、博士が手で制した。

「ああ、ちょっと待っていてくれ。もう一つ、試してもらいたいものがある」

「新薬パート2ですか？」

期待半分、冗談半分で僕は言った。博士はユーモアのある人で、患者にいたずらをしかけるのが好きなのだ。免疫力《めんえきりょく》をあげるには笑いが有効というのは広く知られた事実だし、博士は常にそれを実践している。

これまでも僕は博士お手製の「新薬」という名のとんでも料理を幾つも口にしてきた。グリーンアスパラの蜂蜜《はちみつ》漬けだとか、シソ巻きニンニク揚げだとか。

「あなたは特別な患者みたいね」

博士が足早に出て行くと、ベテラン看護師の鈴木《すずき》さんがこっそり囁《ささや》いた。

「博士は確かにいたずら好きな方だけど、こんな風に手料理をふるまうなんて、あなたくらいよ。寝る間もないくらいお忙しい方なのに」

博士は十年前に、僕と同じ病で息子さんを亡《な》くしていた。生きていたらその子はちょうど僕くらいの歳《とし》なのだった。僕はその子の代わりなのかもしれないけれど、嫌な気持ちにはならなかった。僕の方でも、博士に父親の姿を重ねていたのだ。

僕に新薬が効かなかった結果を受けて、博士が、僕以上にガッカリしていることは、はた目にも明らかだった。

「博士も良い結果が出ると思っていたようね」

鈴木さんが言った。

「もちろん、先入観や期待で目を曇らせたりはならないけれど」

博士は人生の大半を病との闘いに捧《ささ》げてきた。半世紀の時をかけて、ようやく治験まで漕《こ》ぎつけた薬が、望むほどの成果を上げずにいるのだ。

僕は博士が気の毒でならなかった。博士を喜ばせることができなかった己の体が、ふがいなくて仕方ない。

内線で呼ばれた鈴木さんが出て行ってしまい、僕は博士の研究室に一人残された。

僕の体を蝕《むしば》んでいる病の名を「後天性体温調整機能不全症候群」という。読んで字のごとく、恒温動物である人間が本来持っている体温調整機能が失われていく難治性の病だ。

二十一世紀末に最初の患者が発見されてから百年が過ぎようとしているというのに、人類はその病に打ち勝つことができずにいる。

個人差はあるが人の体温は三十五度から三十七度前後で調整・維持されていて、それより高すぎても低すぎても様々な不具合が起こり、時には死に至る。

後天性体温調整機能不全症候群には、体温が低温化するA型と、高温化するB型があって、僕はA型だった。ⅠからⅣまである症状の進行具合の中ではステージⅢ。

回復の見込みは極めて薄い。

ステージIの患者は体温が乱高下し様々な不調を訴える。時に意識を失うこともあるが、この段階で治療を始めれば、ホルモン剤の投与により寛解状態に持っていくことが可能とされている。ただ、ほとんどの者は初期に見られる体温の乱れを軽く見て、あるいは忙しさにかまけて放置してしまう。

「微熱が続くが、大したことはない」

「自律神経が乱れているのかな」

「しばらく、様子を見よう」

もたもたしているうちに症状が重くなり、病院を訪れる時には、病は進行してしまっているのだった。

ステージIIになると、体温調整機能が変温動物のそれに近くなり、周囲の温度の変化に体温が影響を受けてしまう。

気温が三十五度から三十七度であれば大きな問題はないが、それより暑い日や寒い日は、室温を一定に保った室内に留まる必要がある。

それでも、今では高性能の体温調整用ボディスーツが開発されているから、変わらぬ日常を維持することも不可能ではない。

ステージⅢに入ると基礎体温が高温化する者と、低温化する者にはっきり分かれ、変化は進行性かつ不可逆だ。

二年前に発症した僕の基礎体温は既に三十度を切っている。僕の場合、低温化が比較的緩慢に進んだ為《ため》か体がそこそこ順応したこともあり、一日のうちで最も体温が高い時間帯、すなわち午後から夕方には何とか活動できているのだ。

時おり低体温が原因の幻覚が起こることもあるが、今はまだ理性によって、それが幻覚と判断できる程度のものだ。

あとどれくらい、今の状態を保っていられるだろうか？

最近、僕はそればかり考える。

ステージⅣの患者は、自力での生存は不可能だ。機械によって強制的に体温を管理され生かされることとなる。

僕のような低温化タイプの患者なら、三百六十五日二十四時間、人工透析のように体内から取り出した血液を機械で温めて体内に戻す治療が一般的だが、それは気休め程度の延命治療だ。患者は遅かれ早かれ、多臓器不全により死亡、簡単に言ってしまえば凍死するのだ。

僕はあらかじめ、そうした機械による延命は望まないというリビングウィルを作成し署名をしてあった。僕には家族がいなかったし、今は恋人もいない。死んだら体は研究の為に役立ててもらうよう申し入れもしてある。

博士が手がけた新薬は唯一《ゆいいつ》の希望だったのだけれど、人生はそうそう上手《うま》くはいかないものだ。

「待たせたね」

博士は両手にトレイを持って部屋に戻って来た。熱い紅茶の入ったカップが二つと蓋《ふた》つきのガラスの器。そして艶《つや》やかな赤い果実。

「珍しい。立派な紅玉ですね」

「おや、品種まで分かるかね」

「僕は青森出身ですから。三代前まではリンゴ農家だったんですよ」

「珍しく、良い紅玉が手に入ってね」

博士がコトンとガラスの器を僕の前に置いた。触れるとひんやりとしている蓋を静かに取ると、甘酸《あまず》っぱい香りが立ち上り、透き通った蜂蜜色の果実が姿を現した。

「甘煮ですね。懐《なつ》かしいな」

「焼きリンゴの方が良いかと思ったのだが、熱々を食べてもらうのはさすがにタイミングが難しい。冷たくしたリンゴの甘煮も良いものだ」

「大好きです。子どもの頃、風邪をひくと父が作ってくれました。忙しい人だったのに、その時だけは傍にいてくれて」

僕は添えられていた銀のスプーンを手にした。父が作った甘煮は、大きくくし形に切ったリンゴをシャキシャキとした歯ざわりを残す程度に煮た後で、シロップにつけてじっくり味をしみ込ませてあった。フォークで突き刺し持ち上げると、甘いシロップがつうっと滴《したた》り落ちたものだった。

博士の甘煮はもっと小さなイチョウ形で、ジャムのようにトロトロに煮詰めてあった。なるほど、これはスプーンでなければ食べにくい。

「いただきます」

冷たく甘い極上のデザートが喉《のど》を滑り落ちていった。食感も味も、父が作ったそれとは違ったけれど……

「美味《おい》しいです」

ふいに、ほろりと涙が落ちた。悲しいわけでも、どこかが痛いわけでもない。

こんなにもかぐわしい果実が、雪に覆《おお》いつくされた世界にはまだ残っているのだ。

明日、世界が滅びるとしてもリンゴの木を植え続ける人がいて、こうして多忙な研究の傍らにリンゴの甘煮を患者に食べさせようとする人がいる。

そう思ったら、ただ泣けて仕方なかった。

「甘くて、冷たくて……」

「泣くほどうまいか。良かった、良かった」

博士も鼻を啜《すす》りながら、リンゴの甘煮を口に放り込んだ。

「うん、なかなかの出来栄《できば》えだな」

「では、博士」

僕は銀のスプーンを置いた。

「僕はそろそろお暇《いとま》します」

博士はこれからも主治医だと言ってくれたけれど、治験の結果が思わしくなかった以上、僕はもうここを訪れるつもりはなかった。

博士に失望したのではない。彼の貴重な時間を治る見込みのない僕がこれ以上、奪うことはできない。

「では来月も同じ時間に予約を入れておく」

電子カルテに向かう博士に、あえて別れを告げることはしなかった。

上着を手に立ち上がった時だった。

「一つ持って行きたまえ」

博士がリンゴを一つ手に取ると、それをひょいと投げてよこした。

「わ、わ、わ。……え？」

慌《あわ》てて手を伸ばして受け取ってみると、それはなんと、まん丸とした氷の球だった。

水を凍らせて作った透明な球体ではなくて、雪を握って固めた物だ。

白く不透明で、ひどく重い。

僕は低体温による幻覚を見ているのだろうか。それとも薬の副作用だろうか。

いくら僕の体温が低くとも、氷の球であるのなら、冷たくて、こんな風に掌《てのひら》に置いてはおけないはずだから。

きっとこれは艶やかな赤い果実で、僕の目にだけ氷の球に見えているのだ。

「君は知っているかね？　この星には過去にも、地表全体が凍結するほどの厳しい氷河時代が存在したということを」

博士は僕の掌を見つめながら言った。彼はここに、何を見ているのだろう？

「スノーボールアースですね」

またの名を「全地球凍結」という。

「聞いたことはあります。でも、どうして全部凍りついてしまったんでしょうね？　赤道直下は常夏《とこなつ》のはずなのに」

「地球の表面が氷雪で覆われると、太陽の熱をはね返してしまうからだ。地表の温度はどんどん下がって氷床は広がっていく。そうして星全体が、真っ白な、氷の塊になってしまったのだ」

博士は窓の方に目をやった。まだ午後三時を少し回った頃だというのに、激しく窓を叩《たた》く雪片が太陽の光を遮《さえぎ》って外は薄暗い。

僕たちが白い闇《やみ》に閉じ込められて、どれだけの時間がたっただろう。やがて世界は色を失い、白い雪と暗黒の宇宙だけが残される。

博士の指先が、氷の球を軽くつついた。

「今、再び氷床は広がっている。体温調整機能不全は、氷河時代に適応するよう生物が進化しているのだと主張する学者もいる。切り替えのタイミングが、ほんの少し合わなかったのだと」

種が滅びぬよう、体温が高温化する者と低温化する者が生まれたのだ。

「僕は後者ですね。スノーマンとして生き延びることができるでしょう。それには少しばかり、時間が足りないようだけれど」

博士の顔が歪《ゆが》み、僕は軽口を悔いた。

死がすぐそこにあり逃れられないのだと気づいてしまった患者と、手を尽くしても救うことができないと悟ってしまった医師。

よりつらいのは、後者かもしれない。

「星全体が凍りついてしまえば、全《すべ》ての命は失われる。何の為に、闘っているのか……」

博士は肩を落とした。

「人類は過去から学ぶことをせず、滅びへの道を歩み続けている。星と共に人の心も氷に埋もれ、もはや溶けることはない」

僕は最初にこの部屋を訪れた日のことを思い出した。

権威ある博士の研究室だというのに堅苦しいところは少しもなくて、僕はどこか、小さな家の、少しばかり散らかった居間に招き入れられたようだと思った。

壁に詩のようなものを刻んだレリーフが飾られていた。

『過去から学び、今日の為に生き、未来に対して希望を持つ』

それは、今からおよそ二百五十年前に生きていた科学者の言葉だ。

博士は言った。

「私は研究室に足を踏み入れるたびに、この言葉を胸に刻むのだ」

でもずいぶん前に、レリーフは片づけられてしまった。地上から春が失われた日のことだ。その日、博士は未来に対する希望を失ってしまったのだ。

目の前の患者を見捨てられないという医師としての想《おも》いと、科学者としての探求心に支えられて、博士は新薬を作り続けてきた。

僕の体は、彼の期待に応《こた》えることができなかったけれど、博士の歩みは決して無駄にはならない。

　僕は静かに氷の球に唇を寄せた。芯《しん》まで凍りついてしまった冷たい地球。けれど、微《かす》かなリンゴの香りがする。

「それなら、どうして、僕たちは今ここにいるんですか？」

「何だね？」

「スノーボールアースとおっしゃいましたよね。星が完全に凍ってしまったら、太陽光は全部宇宙に反射してしまって、熱は届かない。この星は今もずっと凍ったままだったはずでしょう？」

　博士は驚いたように顔を上げた。

　遥《はる》か遠い過去に、この星が凍りついたままであったら。

「僕とあなたが出会うこともなかった」

「ああ、それは……」

　博士は目を閉じて、言葉を探した。ふっと微かな笑みが唇に浮かぶ。

「どこかに、火山があったのだろうな。氷雪の大地に残された、小さな炎が」

「それで？」

「二酸化炭素は凍った海に溶け込むことがなく、何千年もかけて、大気の温度を上昇させていった」

「それから?」

「やがて氷が溶け、再び緑が大地を覆った。……新たな生命の誕生だ」

「それを聞いて、安心しました」

僕は手にした氷の球を博士に差し出した。それは、ゆうるりと色づき、微かなぬくもりを帯びていく。

かぐわしい香りが鼻腔《びこう》をくすぐった。

「どうぞ。これは、あなたが持つべき物です」

「……ああ」

博士はゆっくりと手を広げた。

とても楽しみにしていた、けれど壊れやすい贈り物を受け止める子どものようなその手に、僕は小さな赤い果実を置いた。

「このリンゴに、あの言葉を彫りましょう」

「あの言葉?」

『過去から学び、今日の為に生き、未来に対して希望を持つ』

いつか、いつの日かきっと、春は再び巡り来るから。

解説

大澤博隆

本書『星に届ける物語』は、第一回から第十一回までの日経「星新一賞」一般部門グランプリ受賞作を集めたアンソロジーである。

星新一は、きわめて短い小説、ショートショートを確立した、このジャンルの大家だ。そのわかりやすい語り口と軽妙なアイデアで、子供から大人まで、多くのファンがいる。私もその一人で、子供の頃からほとんどの作品を読んできている。

そうした星新一ファンとして今回の短編集を手に取った方は、一読して、おや？と思うかもしれない。ここに収録された十一作はいずれも、星新一のショートショートの作風とは、正直、あまり似ていない。そもそも冒頭の藤崎慎吾の小説からして、突然の論文形式だ。その他の小説も、科学的な知識が根底にある話が多く、星新一のショートショートとは読み味が異なる。

日経「星新一賞」は、「理系文学」を謳《うた》った賞である。ひょっとすると星新一と理系文学、という並びにも、違和感を持つ方がいるかもしれない。星新一は理系・文系問わず読まれているし、難しくなく、子供でも読める小説じゃないか。なぜ、わざわざ理系と謳うのか、と。

実はこの賞は、星新一の名前がついているが、星新一の作品に似た作品を集めることを意図した賞ではない。どちらかといえば、星新一と同じような境遇の才能たちを応援するための賞として、誕生した。

日経「星新一」賞がこうした目標を掲げた背景について、日本SF作家クラブのメンバーであり、SFに関わる研究者として、もう少し背景を補足したい（星新一は日本SF作家クラブの初代会長でもある）。

元来、文学というのは文系ど真ん中の概念で、理系とは縁遠そうな分野だ。SFは科学技術を扱うから理系と親しいのではないか、と思うかもしれないが、SFという分野の中であっても、作品の文芸的な価値、文章の巧みさ、美しさが評価される。

そんな文学、文芸の世界に、SF作家としてデビューした星新一は、異端の作家だった。

星新一の父は、戦前から続く製薬会社「星製薬」の創立者、星一《はじめ》だ。新一は大実業家の父のもとで、幼い頃から国内・海外の様々な情報に触れて育ち、東京大学農学部農芸化学科を卒業した。最先端の科学知識についても、常にアンテナを張り巡らせており、父親の会社の整理という難業を潜《くぐ》り抜けた後、作家としてデビューした。率直で、簡潔で、読みやすく、卓抜したアイデアで勝負するショートショート小説というスタイルを日本に確立する。

こうした経緯については、最相葉月が、星の没後に丁寧な取材を元に『星新一――一〇〇一話をつくった人』というノンフィクション作品にまとめている。その中でSFの有名な同人誌「宇宙塵《うちゅうじん》」の創刊メンバーである科学評論家の齋藤守弘《さいとうもりひろ》は、星新一の作品について「ずばっと本質をいっちゃう」「理系なんですね」とコメントしている。

しかしそのスタイルの斬新《ざんしん》さ、異質さ故《ゆえ》に、星新一は当時の文学の評価の枠組みから、弾《はじ》かれてしまうことが多い作家でもあった。今から考えれば、なんであんなに売れていて面白い作品を書く人が評価されなかったのか、と思うが、星新一のような新しい才能を評価する枠が、当時の日本にはまだなかったのだ。最相葉月の前述の書籍では「人間が書けていない」という評を受け、自分の作品が文芸の場でなかなか評価されないことに悩みつつ、それでも孤独に一千作以上のショートショート作品を積み上げる星新一の様子が描かれている。

ただし、星新一の作品は、文芸の場からは正当な評価を受けていなかったが、文芸の外、特に、日本の科学技術や社会に対しては、大きな影響を与えてきた。例えば、オウム返しの接客アンドロイドを扱った「ボッコちゃん」や、人々の会話を解釈し、装飾してくれる「肩の上の秘書」など、ChatGPT のような生成ＡＩによる対話の便利さと恐《こわ》さの両方をシニカルに描いた作品。人々に性的興奮を与える機器が人類に与えていく影響を、様々なニュース記事や文書を示して語る異色デビュー作の「セキストラ」、インターネット社会のサービスを電話網という形で表した「声の網」など。これらは現在に至るまでの科学技術の、社会におけるあり方を、ある種「予見」したかのような作品だ。こうした星の作品を読んで育った研究者、開発者たちも多い。戦後、科学技術が猛スピードで発展する中、変わりゆく「人間観」自体を問い直すような星の小説は、その時代の文芸的評価に収まらない価値が確かにあった。

当時「人間が書けていない」と評されてきた星新一の小説に、実は科学と人間社会の本質を突く理系的なセンスがあったこと。彼の作品自体が、文芸という枠を飛び越え、社会に影響を与えていること。そして、こうした物事の本質を捉《とら》える、いわゆる「理系的な発想」自体を評価する賞が、既存の文芸の枠では不足していたこと。なによりも、才能を評価してくれる枠がない辛《つら》さで、星新一自身が苦しんできたこと。

これらの様々な要素が組み合わさって、文学の世界に、あえて「理系文学」を謳う日経「星新一」賞が誕生した。従来の文学賞では振るい落とされてしまうような、本質を突く理系的な発想の書き手が、思うがままに応募できる賞として設計され、選考形式も異例だった。通常の文学賞と異なり、賞の評価では、作家の名前は最後まで匿《とく》名《めい》として評価され、それまでの経歴は一切考慮されない（論文の査読のようだ）。大人とは別に、子供（ジュニア）のための専門の賞も用意されている（大人と子供の賞を同名で併設する発想は、日本ではかなり珍しい）。最終選考では作家だけでなく、科学技術に関わる研究者など専門家も参加し、理系的発想を評価する。そして、今でこそ現実的になったが、当時はまだ見果てぬ夢だった「人工知能を使って書いた作品の投稿も許される」という懐《ふところ》の深さ。

設立時の期待通り、本賞からは従来の枠に当てはまらないような、様々な書き手が誕生した。本書の十人の作家たちの背景や、その物語は極めて多彩だ。物理学研究を行い、生物分野で博士を取得し研究開発を行う相川啓太は、海洋を舞台にしたバイオテクノロジー小説「次の満月の夜には」を応募した。今のSFのトレンドの一つ「気候《クライメート・》小説《フィクション》」を先駆けたような話だ。漫画を含めた様々な理系分野の解説書の著者でもある佐藤実の「ローンチ・フリー」は、「人力で」の宇宙到達を扱い、丁寧な科学的知識に基づいた宇宙の景色を読者に見せる。教育者として、古文と英語の教材作成に関わる之人冗悟は「OV元年」で、とある身体機能補助装置が人類史に与える影響をシニカルに描く。企業のビジョン構築をSF思考で助ける、SFプロトタイパーとしても活躍する八島游舷の「Final Anchors」は、事故にあう直前の自動運転車同士の極限の「調停」がテーマで、自動運転時代の責任のあり方を、小説としてしかできない繊細なやり方で描く。ゲームプログラマーの経験を持つ、研究者の梅津高重は「SING×《シンクロ》レインボー」で、文明崩壊中の未来において、「ビデオゲーム」的な発想やコミュニケーションがどのように社会を助けていくか、コミカルかつ温かい視点で描く。グラフィックデザイナー、ミステリ作家として活躍している白川小六の「森で」は、終末の世界の「緑化」を、先進国と発展途上国の現実を対比しながらリアルに描いていく。大学在学中に受賞した後も創作を続け、二〇二四年には第四十回太宰治賞の最終候補にも選ばれた村上岳の「繭子《まゆこ》」は、一人の女子高校生の視点を通じて、物理における観測問題に正面から挑んだ作品だ。建設部門の技術士の資格を持ち、多数のSFアンソロジーで活躍する関元聡は、「リンネウス」「楕円《だえん》軌道の精霊たち」で、調査した専門知識に基づき、非常に生き生きと自然と生物を描写する。図書館情報学を専修し、幻想文学を日本に根づかせることを目標とする柚木理佐の「冬の果実」は、世界が低温化していく中、体温調整ができなくなる病気と向き合う人々をテーマにした、静謐《せいひつ》な物語だ。

また、すでに活躍する作家が、異質な形式に挑戦する例もあった。冒頭の藤崎慎吾の論文形式の「『恐怖の谷』から『恍惚《こうこつ》の峰』へ～その政策的応用」は形式としても斬新であり、内容としても当時ロボット研究でホットなテーマであった「不気味の谷現象」を元にした話だ（正直に言えば、発想の豊かさに、やられた、と思った。なぜなら私も第一回に応募していたからだ）。AIの観点から人間を分析した論文、という発想の転換の双方で、星新一のデビュー作、「セキストラ」へのリスペクトも感じさせる。

いずれも、科学的な知識を元に、科学技術と社会の関係の本質を切り取った作品だと言える。

なお、グランプリ以外の受賞者からも、多くの作家がデビューしたことにも少し触れておきたい。医療・薬事コンサルタントとして活躍しつつ日本SF作家クラブの事務局長も務めた揚羽《あげは》はな、人工知能を創作に使った作品で受賞し、人工知能を使うことに挑戦し続ける葦沢《あしざわ》かもめ、学生部門の準グランプリを受賞し、人間社会とテクノロジーの関係に常に鋭い視点を向け、数々のSFプロトタイピング企画にも関わる津久井五月《つくいいつき》、創元SF短編賞を受賞し、若者をテーマに小説を書く松樹凛《まつきりん》、研究者として活動しつつミステリやホラー、SFの分野で活躍する人鳥暖炉《じんちょうだんろ》、そして、エンジニア・起業家として二〇二四年の都知事選に出馬し十五万票以上を獲得した、東京都のDXアドバイザーを務める安野貴博《あんのたかひろ》、など。

既存の文学の枠に当てはまらず、社会に羽ばたく才能を拾い上げ、世の中につなげた場。それが、「星新一」を掲げたこの賞の、現在の日本における正当な評価、功績と言っていいだろう。

本書は『星に届ける物語』というタイトルがついている。「星」は星新一でもあり、彼のように輝く人々でもある。それは書き手だけでなく、読み手のみなさんのことでもある、と思う。

宇宙における星は人間が想像する以上に多様で、今でも既存の枠に当てはまらない不思議な星がいっぱい出てくる。同様に、私たちの社会にも、枠に収まらない人々は数多く、そうした方々の門出を支えた賞の受賞作をまとめたのが、本書だ。

私達の宇宙は広く、様々な場所に個性豊かな星が輝いている。その光景を楽しんで読んでほしい。

（二〇二五年一月、慶應義塾大学　理工学部　管理工学科　准教授）

本書は２０１３年に創設された日経「星新一賞」第１回から第11回までの一般部門グランプリ作品を収録した、文庫オリジナルアンソロジーである。

星新一著

できそこない博物館

未公開だった創作メモ155編を公開し発想の苦悩や小説作法を明かす。神様の頭の中が垣間見られる、とっておきのエッセイ集。

星新一著

エヌ氏の遊園地

卓抜なアイデアと奇想天外なユーモアで、夢想と現実の交錯する超現実の不思議な世界にあなたを招待する31編のショートショート。

星新一著

盗賊会社

表題作をはじめ、斬新かつ奇抜なアイデアで現代管理社会を鋭く、しかもユーモラスに風刺する36編のショートショートを収録する。

星新一著

ノックの音が

サスペンスからコメディーまで、「ノックの音」から始まる様々な事件。意外性あふれるアイデアで描くショートショート15編を収録。

星新一著

夜のかくれんぼ

信じられないほど、異常な事が次から次へと起こるこの世の中。ひと足さきに奇妙な体験をしてみませんか。ショートショート28編。

星新一著

おみそれ社会

二号は一見本妻風、模範警官がギャング……。ひと皮むくと、なにがでてくるかわからない複雑な現代社会を鋭く描く表題作など全11編。

星新一著

凶夢など30

昼間出会った新婚夫婦が殺しあう夢を見た老人。そして一年後、老人はまた同じ夢を……。夢想と幻想の交錯する、夢のプリズム30編。

星新一著

どんぐり民話館

民話、神話、SF、ミステリー等の語り口で、さまざまな人生の喜怒哀楽をみせてくれる31編。ショートショート1001編記念の作品集。

星新一著

これからの出来事

想像のなかでしかスリルを味わえない絶対に安全な生活はいかがですか？　痛烈な風刺で未来社会を描いたショートショート21編。

星新一著

つねならぬ話

天地の創造、人類の創世など語りつがれてきた物語が奇抜な着想で生まれ変わる！　幻想的で奇妙な味わいの52編のワンダーランド。

星新一著

明治の人物誌

野口英世、伊藤博文、エジソン、後藤新平等、父・星一と親交のあった明治の人物たちの航跡を辿り、父の生涯を描きだす異色の伝記。

星新一著

天国からの道

単行本未収録作品を集めた没後の作品集を再編集。デビュー前の処女作「狐のためいき」、1001編到達後の「担当員」など21編を収録。

黒柳徹子著

新版 トットチャンネル

NHK専属テレビ女優第1号となり、テレビとともに歩み続けたトットと仲間たちとの姿を綴る青春記。まえがきを加えた最新版。

田辺聖子著

文車日記

古典の中から、著者が長年いつくしんできた作品の数々を、わかりやすく紹介し、そこに展開された人々のドラマを語るエッセイ集。

筒井康隆著

狂気の沙汰も金次第

独自のアイディアと乾いた笑いで、狂気と幻想に満ちたユニークな世界を創造する著者のエッセイ集。すべて山藤章二のイラスト入り。

辻村深月著

ツナグ

吉川英治文学新人賞受賞

一度だけ、逝った人との再会を叶えてくれるとしたら、何を伝えますか——死者と生者の邂逅がもたらす奇跡。感動の連作長編小説。

寺山修司著

両手いっぱいの言葉
—413のアフォリズム—

言葉と発想の錬金術師ならでは、毒と諧謔の合金のような寸鉄の章句たち。鬼才のエッセンスがそのまま凝縮された413言をこの一冊に。

赤川次郎・新井素子
石田衣良・荻原浩
恩田陸・原田マハ著
村山由佳・山内マリコ

吾輩も猫である

明治も現代も、猫の目から見た人の世はいつだって不可思議。猫好きの人気作家八名が漱石の「猫」に挑む！ 究極の猫アンソロジー。

星《ほし》に届《とど》ける物語《ものがたり》

日経「星新一賞」受賞作品集

新潮文庫　ほ－4－81

令和七年三月一日発行

著者　藤崎慎吾　相川啓太　佐藤実　之人冗悟　八島游舷　梅津高重　白川小六　村上岳　関元聡　柚木理佐

発行者　佐藤隆信

発行所　株式会社新潮社

郵便番号　一六二―八七一一
東京都新宿区矢来町七一
電話　編集部(〇三)三二六六―五四四〇
　　　読者係(〇三)三二六六―五一一一
https://www.shinchosha.co.jp

価格はカバーに表示してあります。

印刷・株式会社三秀舎　製本・株式会社植木製本所

ISBN978-4-10-105861-0 C0193